講談社文庫

地下鉄《メトロ》に乗って

〈新装版〉

浅田次郎

講談社

目次

地下鉄《メトロ》に乗って

すべての地下鉄通勤者に捧ぐ

1

町に地下鉄がやって来た日のことを、真次《しんじ》は克明に覚えている。

おそらくそれは前後の脈絡のはっきりとした、最古の記憶だろう。

東京に二本しか走っていなかった地下鉄のうちのひとつが、新宿から青梅《おうめ》街道の下を一直線に延伸されてきたのだ。そしてその日がとりわけ鮮明であるわけは、たまたま彼の家が地下鉄開業のお祭り騒ぎとは全く関係のない大騒動に包まれていたからだった。

家は屋敷町の中でもとりわけ広壮な、旧華族のものをそっくり買い取った邸宅だった。

旧主の家紋を象《かたど》った鋳物の門を抜けると、砂利《じゃり》を敷きつめた森の中の道が母屋の車寄せにまで続いていた。しかし使い勝手の悪い洋館は進駐軍の高級将校に貸しており、一家はその並びに、ごくありきたりの二階家を建てて住んでいた。

父母と祖父母、三人の子供たちの他に、父の経営する会社の若い従業員が、常に五、六人も住まっていたから、広大な敷地の割にはひどく手狭《てぜま》な家だった。生活の態様を整える間もないほど、父は急激に潤《うるお》ったのである。

矛盾だらけの家だった。邸《やしき》をめぐる土塀は崩れたまま、庭の芝生には雑草の生い茂ったまま、噴水はひび割れたまま水が涸《か》れていた。侵入してくる近在の子供を棒きれで追い回すのが、祖父母の仕事だった。

その祖父も二の腕には刺青《いれずみ》を彫っており、祖母は黒繻子《じゅす》の襟《えり》を深く落としていた。

祖父母が声高にまくしたてる下卑《げび》た下町言葉は一日中邸内に響き渡っており、すっかり子供らの養育権を奪われたおとなしい母は、いつもおどおどとしていた。使用人たちから「奥様」と呼ばれることを、母は何よりも嫌った。

屋敷町の古い住人たちから見れば、時代の申し子のような成り上がりの一家だったにちがいない。近所付き合いというものはいっさいなく、人々の顔も真次の記憶にはない。

ともかくも、破滅と再生の時代を象徴するような矛盾だらけの家だった。

地下鉄が開業したその日、たまたま妾宅《しょうたく》から戻ってきた父は、ひどく不機嫌だった。

若い時分から息子の厄介者《やっかいもの》だった祖父母は、手揉《ても》みしてそんな父の機嫌をとり、使用人たちは関わり合いを避けて自室に逃げこんでしまった。

全くの個人的理由から誰かれの見さかいなく暴力をふるうのは、軍隊以来の父の性癖だった。父が事業家として一家を成しているのはその才覚や手腕とはもっぱら関係なく、力によって周囲を屈服させているからだと、幼い子供たちは考えていた。

母がその日、こっぴどく殴打されたのは、運転手が帰宅時間を正確に連絡していたにも拘わらず、母だけが玄関に迎えに出なかったからである。母はひどい貧血で寝こんでいたのだった。

どういう虫の居所だったかは知らぬが、その夜の父は異常だった。奥の間から引きずり出された母は、夫と舅《しゅうと》に二人がかりで殴られた末、台所の踏み台に額をぶつけて昏倒《こんとう》した。

そこまでは良くあることだった。子供らはおそるおそる、月に一度の儀式を見守るようにその私刑を覗《のぞ》き見ていた。

ところが、興奮して母を殴り、殴ることでよけい興奮した祖父が、突然激しく咳《せ》きこむと畳の上に喀血《かっけつ》したのである。

血を吐くということが、宿業の病を示す時代だった。それほどひどい喀血ではなかったが、祖父の指の間からぼとぼとと滴《したた》り落ちた血を見て、家族はそれまでの狼藉《ろうぜき》など嘘《うそ》のように愕《おどろ》き青ざめた。

使用人たちが呼び立てられ、邸内は呆然《ぼうぜん》と畳にへたりこむ祖父をめぐって、上を下への大騒ぎとなった。

三人の子供たちが家から脱け出したのはそのさなかだった。

「地下鉄を見に行こう」

と、兄は弟たちに耳打ちした。父が帰宅するという急な報《しら》せを受けて、子供らは家の中に足止めされていたのだった。

地下鉄開通という歴史的一日に立ち会うために、少年たちは走った。

祝《いわい》提灯《ちょうちん》の掛けつらなるたそがれの商店街をひた走り、途中で兄は末弟を背負い、真次の手を引いた。

街道のビルとビルとの間に、未知の入口がぽっかりと口を開いていた。昨日まではたしかに、しっかりとシャッターの下りていた入口だった。

階段の上に立ったときのときめきを、真次は今もありありと思い出すことができる。地の底から生温かい、乾いた風が吹き上がっていた。

兄と真次は、幼い弟の両手を吊《つ》るして階段を降りた。

そして改札のジュラルミンの柵《さく》にしがみついて地下鉄を待った。

やがて第三軌条《サードレール》の甲高《かんだか》い金属音が聴こえ、鬨《とき》の声の迫るように轟音《ごうおん》が近付いてきた。

地下鉄がやってきた。真紅のボディに波形の紋様をあしらった、二つのヘッドライトと両開きのドアを持つ車両が、かがやかしい光を放ちながらホームに滑りこんだ。

――そのときの情景を思い出すたびに、真次はふしぎな錯覚に捉《とら》われる。

自分は兄弟たちと一緒に改札口にへばりついていたはずなのに、もうひとりの自分が地下鉄の車内から三人の少年を見つめているのだ。

兄は興奮して指さしながら、大声で叫んでいる。小さな弟は拍手をしている。そして言葉もなく立ちすくんでいる自分の姿を、もうひとりの自分がはっきりと地下鉄の窓の中から見つめているのだ。

もしかしたらその瞬間に、肉体から魂だけが脱け出して地下鉄に乗り、窓ごしにホームの風景を見つめていたのかもしれない、とも思う。

真次はそれぐらい、地下鉄を待ちこがれていた。

2

四半世紀ぶりに初めて参加したクラス会の帰途、小沼《こぬま》真次は永田町駅のホームでそんなことを思い出した。

それは記憶の起点である。その日から前の出来事は断片的にしか思い出せず、むしろ古いアルバムの方が正確だ。

感動も醒《さ》めやらずに階段を昇り、地上に出たときの青梅街道の夕映えは、母の胎内からこの世に生まれ出たときのように鮮烈である。

都電の廃線が水銀を流したように延びており、銀杏《いちょう》の影が長く倒れていた。すべての記憶はそこから始まっている。

少し飲みすぎた、と小沼真次はスーツケースの上に額を伏せた。

もともと酒の強いたちではないが、ホテルの立食パーティで旧友たちに勧められるまま、つい度を過ごした。

頸筋《くびすじ》を駆け昇る血が耳の奥に脈打っている。吐気こそなかったが、頭はどんよりと不快に濁っていた。

出席する理由は何もなかったのだ、と真次は思った。出欠の返信すら出さずにいたのに、どうしたわけか日時と会場が頭に残っており、会社に戻る途中の赤坂見附で降りてしまった。ちょうどその日のその時刻に、地下鉄が同窓会場のホテルまで、自分を運んできたような気がした。

若い時分から住居を転々とし、友人たちとの付き合いも全くなかったから、案内状が届いたのも今年が初めてだった。去年の夏、宵《よい》の銀座で出くわした友人に住所を教えたからだろう。

スーツケースは酔った頭をあずけるのに、ころあいの高さだった。

それにしても、これから成田に行くから、というとっさの嘘は傑作だった。クロークから引きずり出したスーツケースの存在理由と、二次会を断わる逃げ口上との一石二鳥である。

本当は海外どころか、成田空港にさえ行ったことはない。名門高校の同級生の中では、おそらく二人とはいないだろう。

つまらぬパーティだった。誰もがまるで釣場で餌《えさ》をまきちらすように、一束も名刺をまいていた。恩師の挨拶《あいさつ》や幹事の報告や、胃癌《がん》で死んだ不幸な級友のことなど、どうでも良かった。

最初の三十分は名刺をまきながら相手を物色し、やがてそれらしい組み合わせが自然にできあがると、喧噪《けんそう》は静まった。集団見合いのような猥雑《わいざつ》さと猥褻《わいせつ》さだった。

真次のところにも、人々はまったく営業用の顔でやってきた。しかし「有限会社シンデレラナイト営業部」と書かれた名刺を狐《きつね》につままれたように見、「オヤジの会社とは関係ないんだ」、という率直な言葉を聞くと、深い事情は問わずにみな消えて行った。

理由を問い質《ただ》すほどの友情を持ち合わせている者がいなかったのは、真次にとってむしろ都合の良いことだった。

いや、彼の安物の背広やすりへった靴や、十年も使っている脂じみたメガネを一瞥《いちべつ》すれば、問い質すだけの勇気を誰も持たなかったという方が正しかろう。何しろ二十五年ぶりに会う友人たちにとって、小沼真次は学年でも屈指の秀才で、立志伝中の傑物の御曹子で、典型的な戦後財閥の後継者でなければならなかったのだから。

彼がほとんど思いつきで同窓会場のホテルに立ち寄った理由を、強《し》いて上げるとするなら、それはしごく個人的でたわいない理由である。

このところの不景気で、取引先のブティックや洋品店の売上げは低迷しており、わずかな集金もままならない。虎の子の訪問販売先である飲み屋のホステスたちも財布の紐《ひも》が堅い。気持ちが腐っていた彼を、ちょうどその時刻に地下鉄が赤坂見附の駅まで運んでしまった、というわけだ。

今さら恥をかいたと感じるほど、まっとうな人生を送って来たわけではない。しかし会費の二万円は、参加することに何の利益もない彼にとっては痛打だった。きっと、恥は心に感じぬ分、酒に溶けこんでいたのだろう。悪酔いはそのせいにちがいない。せめて会費分は飲んでやろうとして、友人たちの差し向ける懐疑とあわれみの毒を呷《あお》り続けていたのだ。

プラットホームに人影はなかった。赤坂見附からの長い地下道を歩き詰めてきた鼓動が収まると、怖気《おじけ》をふるうほどの寒さが背にのしかかってきた。

ふいに人の気配を感じて頭をもたげると、厚いマフラーで顔の半分をくるんだ老人が立っていた。

「ああ、野平《のひら》先生――」

マフラーを引き下げると、老人は真っ白な口髭《くちひげ》を横に引いて微笑《ほほえ》んだ。

「君は、二次会には行かなかったのかね」

乾いた、土鈴を振るような声で野平老人は訊《たず》ねた。

その声は昔と変わらない。のっぺいと渾名《あだな》されていた、書道の教師である。会場では気付かなかったが、きっと教え子たちにないがしろにされて、隅の席にでも座っていたのだろう。もっとも二十五年前、すでにないがしろにされていた教師なのだが。

「お元気そうですね」

と、真次はスーツケースを引いて席を勧めた。重そうな古外套《がいとう》の背を屈め、ステッキにすがるようにして、のっぺいはベンチに腰を下ろした。背負ってきた冬の匂いが、ひんやりと真次の頬に伝わった。

「八十七になったよ。この時間に地下鉄を待っておる明治の男は、おそらく僕ひとりだろうね」

ステッキの柄に顎《あご》を載《の》せて、のっぺいは答えた。

「お変わりないですね」

「人間、六十を過ぎればあとはそう変わるものじゃない。少し痩《や》せて、背も縮んだが」

前歯の欠け落ちて空洞に見える口を開けて、老人は笑った。

たしかにどこも変わっていない、と真次は思った。

もともと学園には、名門の公立校を定年退職した老教師が多かった。のっぺいもそのひとりで、着任する前には都立高校の校長を務めていたという話だった。古ぼけたチャコールグレーのソフト帽も、厚ぼったい外套も昔のままで、きっとその下にはホームスパンの三ツ揃《ぞろ》いを着、チョッキのポケットに金鎖の懐中時計も入れているにちがいなかった。

「小沼真次君、だったね」

蝶番《ちょうつがい》をセロテープで補強したべっこうのメガネを指で支え、考えるほどもなくのっぺいは言った。

「はい」、と答えてから、真次はこの老人の記憶の確かさに愕いた。自分ですら、二十五年ぶりに会った友人たちの多くの名は思い出せなかったのである。しかものっぺいは、長い教職生活の間にその数十倍の、おそらく万人の単位の教え子を担当したはずだ。

「よく覚えてらっしゃいますね。書道はあまり得意じゃなかったはずですけど」

のっぺいはステッキに顎を載せたまま、答えるかわりに皺《しわ》を深めて笑った。

地下鉄がやってくる気配はなく、丸い闇《やみ》からは無機質の造りものめいた風が、ゆったりと流れこんでいた。

中高一貫教育の全学年に、週一時間の書道の授業があった。のっぺいが生徒たちから疎《うと》んじられていたのは、頑固に六年間も続けられる書道が受験とは無関係だったからだ。それは実質的に、ひそかな自習時間であり、貴重な睡眠時間だった。

「どうかね、少しは役に立っているか」

のっぺいが書道という、社会ではほとんど役に立たぬ技術のことを言っているのはすぐにわかった。実際、毛筆を使う機会などは本人がよほどの思い入れでもない限り、まず有り得ない。

ええ、とだけいいかげんに答えると、のっぺいは満足げに肯《うなず》いた。

「君らは、心を平らかにして取り返しようもない文字を、六年間も書いてきた。役に立たぬはずはあるまい」

のっぺいはそう言うことで、優秀な教え子たちの人生に自分の及ぼした影響を、主張しているようだった。老人の自尊心を傷つけぬように、真次はほんの少し抗《あらが》った。

「そうでしょうか。私は取り返しのつかないことをしてきてしまいましたから、何とも」

「はあ、そうかね……」

実に残念そうに、のっぺいは溜《た》め息をついた。

相変わらずホームに人影はない。真次は時計を確かめて、十時という時刻を怪しんだ。

「ああ、君。地下鉄なら、当分来んよ」

いきなり放り出すように、のっぺいは言った。

「来ない、って？」

「ひとつ先で事故があった。上下線とも止まっているそうだ。改札で聞かなかったかね」

酔っ払っていて放送を聞き漏《も》らしたのだろうか。

「事故ですか。まいったな」

「若い者がべつにまいることはなかろう。地下鉄は一本が止まっても、さほど不自由はせんよ。乗り継ぎを考えれば、どう回っても帰れる。君も赤坂見附まで戻って、銀座線で渋谷まで出れば良かろう。たいして変わらんよ」

「先生は、どちらまで」

訊ねてから、真次はどきりとした。のっぺいが自分の家の所在を知っているような気がしたからである。

「僕かね――僕は溝ノ口で南武線に乗り換えて、津田山だ」

真次の住むアパートは、その溝ノ口である。考える間もなく、のっぺいは言った。

「渋谷から折り返し運転をしているそうだから、乗り換えればよかろう。少し歩かされるが」

もしかしたらのっぺいは、溝ノ口の駅で通勤途中の自分を見かけていたのかもしれない。いや、それしか考えようはない。

「お住まいは、ずっとそちらですか？」

遠回しに真次は訊ねた。

「五年前に越してきた。どうも若い者とはうまく行かん。あの二世帯住宅というやつは、かえって人間関係を複雑にするね。で、ばあさんと二人で六畳一間に閑居して、不善をなしておる」

「なるほど。それで時々、電車に乗って散歩をなさる、というわけですか」

厭味《いやみ》たっぷりに真次は言った。

年金と恩給とをしこたま貰《もら》い、わずらわしい家族から離れて悠々自適の老後を送っているのだろう。で、暇にかまけて近在のターミナルまで足を伸ばし、みすぼらしく成り下がったかつての教え子を発見した。クラス会に招かれて、そのみすぼらしい教え子と出会った——と、まあそんなところだろう。

真次は不愉快になった。名前も記憶していたのではなく、古い卒業アルバムの写真と照合して、まるでパズルの謎《なぞ》ときでもするように探し当てたにちがいない。

「赤坂見附まで歩くのも億劫《おっくう》ですね。ごらんの通りの大荷物だし。ここで待ちますよ」

「いい若い者が、億劫か」

「億劫がらずにまる一日歩き詰めた結果です。それに、悪い酒も飲まされました」

こつこつと入歯を鳴らして、のっぺいは笑った。

「一日歩き詰めても、荷物は軽くならんか。不景気なんだねえ」

まいった、と真次はスーツケースの上に痛む頭を落とした。のっぺいは自分の仕事の内容まで知っているのだ。まさか後をつけるほど悪趣味ではなかろう。

そうだ——島田《しまだ》がしゃべったにちがいない。宴会場の雑踏で摑《つか》まって話題の尽きるままに、落ちこぼれた級友の噂《うわさ》話をしたのだろう。なんてやつだ。

「島田からお聞きになったんですか？」

年寄りを相手に大人げないと思いながら、真次は気色ばんだ。

「島田？　——ええと、誰だったかな」

「島田修太郎《しゅうたろう》ですよ。剣道部にいた。先生、顧問だったでしょう」

「ああ、わかった。島田君ね、さっき会ったよ。彼は変わらん。相変わらず如才ない男だ」

落魄《らくはく》した教え子の噂を聞けば、せめて身の上の話題は避けるのが人情というものだろうが、むしろ入りこんでこようとするのは老人の図々しさのうちだろう。

怒りを噛《か》みつぶして顔をそむけた真次の膝《ひざ》に、のっぺいは冷え切った掌を置いた。

「君は、次男坊だったね。兄弟よく似ておるから混乱してしまう。そう、真次君だから次男坊に決まっとるな」

話題を変えたのは、真次の顔色にようやく気付いたからだろうか。

「似ていますか。そう言われたのは初めてですよ。兄弟の中でメガネをかけていたのは僕だけですけど」

「似ておるとも。印象がそっくりだ。弟の圭三《けいぞう》君は二級下で——ああ、それにしても、にいさんはお気の毒だった。優秀な生徒だったが」

変えた話題は、さらに不愉快な部分に触れた。忘れられた老人にとって、教え子との会話をとりもつ話題は何でも良いのだろう。真次はのっぺいの図々しさと無思慮に呆《あき》れた。

思い出したくもないことだった。

「ちょうど今ごろじゃなかったかね、あれは。受験の直前だったな」

そうだ、あれは真冬の寒い晩で——真次はあわてて腕時計のカレンダーを見た。

今日が兄の命日だということを、すっかり忘れていた。

「ああ、教えていただかなければ、忘れてすごすところでした」

「きょうかね」

愕きもせずに言ったのっぺいは、まるでそれをあらかじめ知っていながら、遠回しに気付かせたように思えた。

もちろんそんなはずはあるまい。兄の霊がのっぺいの口を借りて命日を教えたとすれば、まだしも考えられなくはないが。

「いやだねえ。思い出した場所が地下鉄だとは」

「なにもこの駅じゃありません。気味の悪い言い方はやめて下さいよ」

「いや、命日に故人の話をするのは、決して気味の悪いことではないよ。君にとっても、まさか思い出したくない人ではあるまい」

「それはそうですけど、ああいう死に方でしたからね。家でも命日だからといって、特別のことをするわけではありません」

「丸ノ内線の、新中野の駅だったか」

「――良く憶《おぼ》えてらっしゃいますね」

「おや、忘れたかね。僕はあの晩、警察に行ったのだよ。君もおったじゃないか、弟さんも」

のっぺいは辛い記憶をたどるように、べっこうのメガネの底で目を閉じた。

3

もし自分の半生が一冊のグラフ誌に綴《と》じこまれるとしたら、その場面はまちがいなく見開きのグラビアを飾るにちがいない。

冬の夜更《よふ》けの霊安室である。

割烹《かっぽう》着姿の母が、コンクリートの床に膝を落として泣いている。母は着のみ着のままであるのに、自分ばかりが中学の制服を着て、隠しボタンの濃紺のコートをきちんと着ているのはどうしたことだろう。

私服の刑事と、顔見知りの交番の巡査がいる。もうひとり、白衣を着た医者は検屍《けんし》官だろうか。刑事と医者は書類を覗きこんでおり、年配の巡査は泣き崩れる母の肩に手を置いて立っている。

地下鉄に飛びこんだにしては、思いがけぬほどきれいな死顔だった。轢《ひ》き潰《つぶ》された兄の顔を何よりも怖れていた真次は、ひとめ見てほっとした。

「下半身がレキダンされていまして――」

と、いきなり検屍官の言った言葉を、真次は頭の中で正確に、「轢断《れきだん》」と書いた。その字面で、初めて兄の死を実感した。

事件があらかじめ予測されていたように思えたのは、錯覚だろう。祖父母が相次いで死に、一年と経たぬうちだったから、死がふしぎな連続性をもって感じられただけだ。

遠くから電話の呼音が絶え間なく聴こえている。泣き疲れた母は、抑揚のない声で呻《うめ》き続けていた。やがて、鋲《びょう》を打った革靴の足音が、凍える廊下を近付いてくる。扉を開けて入ってきたのは――のっぺいだ。片手に外套とソフト帽を持ち、三ツ揃いのホームスパンの背広を着ている。

「とんだことで。担任もじきに来ると思いますが、とりあえず私が近いもので」

というようなことを、のっぺいは言った。

顔を上げた母に、真次はのっぺいを紹介した。答えることもできずに、母は顔を被《おお》った。

のっぺいは所在なげに懐中時計を取り出して時刻を見、それから壁際にぼんやりと佇《たたず》んでいる真次と圭三に向き直って、しっかりせねばならんというようなことを、短く言った。

　そのときののっぺいには、教壇では見ることのできない風格があった。都立高校の校長まで務めたのっぺいは、もしかしたらこのような場面には何度も立ち会ったことがあるのではないか、とさえ真次は考えた。

「おとうさんは？」、とのっぺいは訊ねた。

「仕事先から参りますので」

　と、母はとっさに嘘をついた。

　真次と弟が身仕度をすませて家を出たとき、父は暖炉の前の揺り椅子に座ったまま、他人《ひと》事《ごと》のようにパイプをくゆらせていた。

　進駐軍の将校が帰国してから、家族は母屋の洋館に住居を移していた。事業家としての名声を確固たるものにしていた父を、成り上がりと呼ぶ者はもういなかった。しかし立派な旧華族の洋館に居を移したとたん、まるでそこに悪魔でも住んでいたかのように、家族の死が相次いだのだった。

　父は来ないだろう。事件のいきさつを知る前に、のっぺいが帰ってくれればいいと真次は思った。

　前年には学園の生徒会長まで務めた兄だった。家長としての責任は、むしろ偏屈で狭量で、常識にかからぬ父よりも自覚していたかもしれない。少なくとも社会的良識において、すでに兄は父を説諭する立場にあった。

そのできすぎた性格が仇《あだ》になった。父が月に何度か、ぶらりと妾宅から戻るたびに、兄は父の非を諫《いさ》め、ときに罵《ののし》った。決して譲《ゆず》らぬところだけが似ている親子の口論は、その晩とりわけ激しかった。

受験を間近に控えていた兄の焦立《いらだ》ちを理解していた者は誰もいなかった。四年後に自分がその季節を迎えたとき、それが世間の言ったような古くさい憤死や諫死《かんし》とは無縁の、ただ自分の存在をかき消してしまいたいという衝動によるものだったことを、真次は理解したのだった。

口論のあげく兄は家を飛び出し、怒りと焦りとを両手に抱えたまま、冬の夜のプラットホームに立ったのだ。

そのあとは全く物理的な現象にちがいなかった。旧式の地下鉄が、あの神経に障《さわ》る第三軌条《サードレール》の金属音をキイキイと鳴らしながら進入してきたとき、思考の停止した兄はほんのわずかの力でホームを蹴《け》った――。

父は来た。廊下を歩きながら、日ごろ無口な運転手があしざまに父を罵る声に、真次は愕いた。たぶん父は、住みこみの運転手に諫められて、ようやく重い腰を上げたのだろう。

霊安室に現われた父は、寝巻の上にガウンを羽織っていた。これでのっぺいに対する母の嘘は台無しになった。

立会人たちに、まるで商売口調のお愛想のような謝辞を述べ、明らかに兄の死顔からは目をそむけて、父はぞんざいな焼香をした。

気弱な母はその場に及んでも父を責めることはなかった。

いったい何を言おうとしたのか、黙って息子たちを睨《にら》みつけた父の、猛禽類《もうきん》のような目を真次は忘れない。それは冷ややかな、悲しみなどかけらもない、獣の目だった。

もし人間の意思があるとするなら、「俺にさからった者はみなこうなるのだ、良く見ておけ」、とでも言っているふうだった。

弟の圭三が泣き出したのは、兄の死を悲しんだからではあるまい。泣くことのほかに、父の非を誹《そし》る方法を知らなかったのだろう。

そのとき自分が何を考え、何をしゃべったのか、真次には全く記憶がない。ただ、はっきりと父を忌避し、軽蔑《けいべつ》したのはそのときが初めてである。

一種の「誓い」というべきものを、ひとことかふたこと、真次は口にした。とたんに父は真次の頰を平手で打った。殴られたからには、父を誹謗《ひぼう》する内容だったのだろう。そしてその言葉が記憶にないのは、その一瞬、彼が父の力に屈したからにちがいない。

父は唇を噛んで青ざめ、まるで一時でもそこにいることが身のけがれでもあるかのように、霊安室から出て行ってしまった。

廊下でそれを押しとどめようとする運転手と、また言い争いになった。

小柄で見るからに非力な運転手は、大男の父に突き飛ばされて倒れた。巡査が中に入った。父は仁王立ちに立って運転手を指さし、「おまえはクビだ、荷物をまとめてすぐ出て行け」、というようなことを言った。

「おう、頼まれたっていてやるものか」

と、それはまちがいなくその通りに、運転手は言い返した。

村松《むらまつ》という名の忠実な使用人だった。住み込みの若者たちよりずっと折目正しく見えたのは、邸の元のあるじに仕えていたからだった。戦後たちまち没落して運転手も雇えなくなった旧華族が、家財道具と一緒に置いていった男だった。門の脇の樅《もみ》の木の被いかぶさった小屋に、ふしぎなくらい目立たぬ女房と住んでおり、子供はいなかった。父の買い与えたパッカードはいつも鏡のように磨き上げられ、華族仕込みの寡《か》黙《もく》さと居ずまいは、成り上がりの父の威厳を補うのに十分だった。

村松はそのとき、力なく壁にもたれたまま真次と弟に向かって言った。

「昭一《しょういち》さんはまちがっちゃいないよ。死んだってまちがっちゃいない」

悪いのは社長の方だと、言ったかどうか、たぶんみなまで言わずに父は村松を蹴り倒した。そしてスリッパをその場に脱ぎ捨てたまま、裸足で立ち去ってしまった。

真次は父の後を追った。夜勤の巡査たちがいっせいに父に注目した。それらは自殺者の父に対してではなく、すでに立志伝中の傑物となっていた小沼産業の社長に対して向けられたものにちがいなかった。

「おとうさん」、と、真次は凩《こがらし》の唸《うな》る玄関の階段の上から、ようやく父を呼び止めた。

父は半白髪《じらが》の、うっとうしいほどに豊かな髪を両手で掻《か》き押さえて振り返った。それは強欲で冷淡な父に似合わぬ癖だった。

銀杏のおびただしい落葉が、寝巻姿の父の周囲に吹き上がっていた。

「なんだ、真次」

返す言葉など何もないことは、父も知っているはずだった。

「お通夜には帰ってきて下さい。おかあさんが困るから」

父はかあっと喉《のど》を鳴らすと、勢いよく路上に痰《たん》を吐いた。

「わかってる。まったく、どいつもこいつも何てザマだ。いったい俺が何をしたっていうんだ」

流しのタクシーを止めると、父は裸足のまま行ってしまった。

「俺が」と言った父の言葉に、真次は衝撃を受けた。父の心の中には我が子の死でさえも、嵐や火事のような災難でしかないのだと、そのとき真次は思った。

4

真次が記憶を喚起させる間、のっぺいはずっと黙りこくっていた。

まるで真次の心に映し出される幻灯をともに見ていたかのように、記憶のフィルムがとぎれたところで、のっぺいは口を開いた。

「昭一君は絵に描いたような優等生で、弟の圭三君はユーモアの溢《あふ》れるやんちゃ坊主で——だが、君がどんな生徒だったか、よく思い出せんのだよ。次男坊というものは、そういうものかもしれん。とらえどころがない」

「どうやら影の薄い人間が早死にするという説は、嘘ですね。兄ほど存在感のある生徒はいなかったでしょう。生徒会長で新聞部の部長で、弁論大会では毎年優勝していました」

「ああ。こんな言い方は不謹慎かもしれんが、あの後は、はっきりと生徒がひとり減った感じがした。東大の合格発表の日も、もうひとり電話が入りそうな気がした。卒業式のときも、そうだったね。誰かひとり足らないと、教師はみんな感じていたと思うよ」

しみじみと溜め息まじりに、のっぺいは言った。

「でも、他人が感じたのは、そういう喪失感だけでしょう。私や弟は、あの事件で人生が変わりました」

「そうだろうね。にいさんはかえって君らにとっては重い存在になったか。そんなものかもしれん」

そうではないのだ。自分と圭三にとっての兄の死は、もっと単純な図式で表すことができる。

父が勝利し、兄が敗北した。その結果、弟は父に忠誠を誓い、自分は他国に亡命した。人生が変わったというのは、そういうことなのだ。

「ちょっと駅員に聞いてきます。復旧の見込みがないのなら、銀座線で帰りましょう」

立ち上がったとたんに足元がもつれて、スーツケースを倒した。飲みなれぬ甘いシャンペンは思いがけず効いている。

「だいじょうぶかね。僕が行こうか」

「いえ、電話もしなければなりませんから」

ひとけのないプラットホームは夢の中のように怪しげだった。気付かぬうちに引きずりこまれ、どうあがいても目醒めることのできぬ悪い夢のようだ。

壁づたいに階段を昇りつめると、玩具《おもちゃ》の兵隊のような新しい制服を着た駅員が床を掃いていた。復旧の見込みを訊ねると、急ぐのならば他の路線を使うようにと、わかりきった答えが返ってきた。

公衆電話のボタンを押す手が覚束《おぼつか》ぬほど慄《ふる》えていた。構内には暖房がはいっているはずだから、この寒さもきっと悪い酒のせいだろう。

母が電話口に出た。

「――節子《せつこ》は？」

〈スーパーの棚卸《たなおろし》だとかで、少し遅くなるって。そろそろ帰ってくると思うけど。ちょっと待って、圭ちゃんがいま帰ったところなの、切らないで待っててね〉

いいよ、と止める間もなく受話器が置かれ、窓ごしに圭三の名を呼ぶ声がした。

〈行っちゃったみたい。会社の車で帰りに寄ってくれたから〉

「また運転手付きか。みっともないからよせって言ったのにな」

〈団地の外に待たせてきたって。ずっと待ってたのよ、電話くれなきゃ〉

「来るのはあいつの都合だろう。俺は会う用もない」

〈おとうさんが入院したから、お見舞いに行ってくれって。おとうさん、真ちゃんに会いたいのよ、きっと〉

「それもおやじの都合だろう。具合が悪くなるとすぐそうなんだ。行くわけないのはわかり切ってるのに、圭三もマメなやつだな。放っとけよ」

〈おとうさんも齢《とし》だしねえ。顔だけでも見せてやったら〉

「そんな器用なことできるもんか」

〈それもそうだけど——まだ遅くなるの？　ごはんは？〉

「飯は食った——」

地下鉄が事故で、と言いかけて、真次はあやうく口をつぐんだ。

母は三十年たった今でも、決して地下鉄に乗ろうとはしない。都心に出かけるときは、田園都市線が地下に入る二子玉川園で降り、バスを使って渋谷に出る。

圭三が訪ねてきた理由が他にあることは明らかだった。母は安易に口にも出せぬほど、過去を恐れている。

「線香あげてったか、あいつ」

母は電話口で一瞬、押し黙った。

〈覚えてたの？　忘れてなかったのね〉

「当たり前だ。日曜に墓参りに行ってやろう。もう一軒まわる店があるから、先に寝てな。いつまでもテレビ見てちゃだめだよ」

電話を切ったあと、真次は老いた母の姿をベランダから覗き見るように思い描いた。

息子の言いつけ通りにテレビを消し、背を丸めて四畳半の自室に戻る。小さな茶簞《ちゃだん》笥《す》と、真次が今年の誕生日に買ってやった安楽椅子の間に、場ちがいなほど立派な仏壇がある。すっかり日に灼《や》けた兄の写真が、圭三の供えていった線香の煙の中で笑っている。母はちんまりと座り、孫たちの耳に障らぬほどの小声で題目を唱え始める。

老いとともに母の読経は長く、小さくなった。母の中で、記憶は遠ざかることなく、むしろ時を追うごとに切迫してくるのだろう。母は混乱した時間の中で生きている。

銀座線で帰ろうと真次は思った。母にとって圭三はしょせん父の許に捨ててきた子供である。兄のことを懐かしみ語り合う相手は、自分しかいないのだ。母がこんがった記憶の糸玉を抱えて、自分の帰りを待ちわびているような気がした。

地上から吹き下ろしてくる凩《こがらし》に、真次は肩をすくめた。

時間というものの蓋然《がいぜん》性について考える。母を見るにつけ、時間というものはそれほど絶対的に、着実に流れているとは思えない。記憶という暗い流れの中で、孤独な人間を乗せて行きつ戻りつしている小舟が、時間というものの正体だと、真次は思った。

だから正確には、時間を共有している人間などひとりもいないのだ。

プラットホームには風が鳴っていた。地下鉄の止まった暗みには何の気配もなかった。それはたとえば行き昏《く》れた夜の果てで、誰かが手招くように吹く笛のような、風の唸りだ。

のっぺいはベンチに座って、ぼんやりと線路を見下ろしていた。

「やっぱり銀座線で行きます。先生は？」

少し考えてから、のっぺいはかたりと入歯を鳴らした。

「僕はここで待つよ。急ぐほどのことはもう何もないし、あの地下道をもういっぺん引き返す気には、とてもなれん」

「じゃあ、ここで」

真次はスーツケースを引き寄せた。

「ああ。若い者はそうしたまえ。決して回り道ではない。そう考えてはならんよ」

のっぺいは言いながら、骨と筋ばかりの掌を真次に向けて差し出した。

それが老教師の習慣だったことを、真次は思い出した。登下校時の道すがらや電車の中でしばしばそうしたように、のっぺいは思いがけぬほどの力で真次の掌を握り返すと、ステッキの先を上げて行く手を示した。

「さあ、行きたまえ。みんな待っておられるよ」

真次はもういちど会釈をすると、スーツケースをごろごろと曳《ひ》きながら歩き出した。

永田町駅から赤坂見附に通じる長い地下道は、不可解な角度に折れ曲がり、何度も階段を昇り下りしなければならなかった。

行き合う人影はなかった。都会の底に張りめぐらされたおびただしい細胞の、ただ一箇所だけ血の通わぬ血管の中を歩いているようだった。

エスカレーターは止まっており、スーツケースを引っさげて階段を昇り下りするうちに、すっかり息が上がった。

毎日重い荷物を曳いて地下のネットワークを動き回る真次は、使ってはならない乗換駅を良く知っている。案内表示があっても、実は一駅分も歩かねばならぬポイントがいくつかあるのだ。

ここもそのひとつで、いわば十数年来の地下鉄のエキスパートである真次が、ほとんど足跡を印したことのない通路だった。

地上から吹きこんでくる凩と、赤坂見附駅からの生温かい風が混ざり合って、不快な毒のような空気があたりに渦巻いていた。

階段を昇って息を入れたとたん、ふいに強い吐気に襲われて真次はしゃがみこんだ。

酒は決して強い方ではないが、酔って吐いたことはない。まさか心臓発作か脳梗塞《のうこうそく》ではあるまいな、と恐れながら、しばらくの間壁に頭をもたせかけていた。

体は慄え続けているのに、脂汗が吹き出た。

酒のせいではない、ストレスだと真次は思った。いやなことの多すぎる晩だった。友人たちとの邂逅《かいこう》、のっぺいとの不愉快な会話、地下鉄の事故、兄の命日、母との電話。とりわけ父が自分に会いたがっているという圭三の報せは不快だった。

それらはひとつひとつ確かな重さで、胸の中に積み重なっていた。

真次がふしぎな出口に気付いたのは、そのときである。

メガネを外して膝を抱え、半身を壁にあずけてじっとしていると、ふいに足元から、さあと潮の引くような気がした。頭痛と吐気が嘘のように消えて行った。体中の酒が一瞬のうちに揮発してしまったように意識が冴《さ》えた。

頭を上げると、そこに薄緑とベージュのタイルを組み合わせた階段があった。

目を伏せているうちに誰かがそっと運んできて、そこに大道具を置いたような気がした。

鮮やかな黄色の落葉が、群れ惑う妖精《ようせい》のように、真次の足元に吹き落ちてきた。地下道の無機質の色とは全くちがった、やわらかな光と色に、その階段は包まれていた。

永田町駅から引き返してきた中年の女が、胡乱《うろん》な目つきで真次を睨みながら過ぎて行った。階段を気に留めた様子はない。

誰の目にもとりたてて奇異には見えぬその階段が、なぜ自分にだけ格別なものに感じられるのだろうと、真次はいよいよふしぎに思った。

スーツケースを提《さ》げて、凩の鳴るその階段を真次は昇った。

踊り場に立ち止まって地上を見上げる。ぽっかりと真四角に開いた出口には、銀杏の街路樹が葉をこぼちながら立っており、オレンジ色の、造りものめいた満月が夜空に懸かっていた。

かすかに街の賑《にぎ》わいが伝わってきた。

夢だな、と真次は思った。階下を振り向けば、今しがたしゃがみこんでいた地下道である。

真次は踊り場のまんなかに立ったまま、何度も地上と地下を見較べた。自分がひどく不安定な場所、たとえば桟橋《さんばし》と艀《はしけ》との間に渡した板の上に、決心がつかずに佇んでいるような気がした。

歌声と嬌声《きょうせい》が響き、踊り疲れた即席の恋人らしいアベックが地下道を過ぎて行く。ミニスカートの上に毛皮のコートを羽織った女は、立ち止まって男の袖《そで》を引き、「やだ、事故だってえ、サイテー！」、と叫んだ。男はいかにも幸甚という感じで、女の肩を抱き寄せ地下道を引き返して行った。

真次は意を決して階段を昇った。道路の向かい側の景色が見える高さまで昇ったとき、真次は思わず、「ああ」、と声を上げた。

愕いたわけではない。階段の上にその光景があるだろうことは、何となく予感していた。やはりそのとおりだった。

数段をおそるおそる昇りつめると、真次は長い溜め息をつきながら、突然現われた青梅街道の夜景を細密画でも覗きこむように丹念に見渡した。

そこが紛れもなく新中野駅の出口だと確信したとき、まず彼は履歴書と同じくらい正確に暗記しているメトロ・ネットワークを頭の中に描いた。

結論はひとつしかなかった。赤坂見附で銀座線と丸ノ内線を乗りまちがえ、眠っている間に生まれ育った新中野の駅まで来てしまったのだ。

そこは彼がかつて、約束された人生とともに捨てた町だった。今さら里心がついて、無意識のうちに戻ってきてしまったなどとは思いたくない。酔った頭に、自分を訪ねてきた圭三のことが残っていて、知らぬ間に足を向けていたのかもしれない。

いずれにしろ情けない話にはちがいないが。

出口の庇《ひさし》に掲げられた「新中野」の文字を確認してから、真次はもういちど階段を降りた。

踊り場まで戻って地下の世界を覗きこみ、初めて愕然《がくぜん》とした。

そこには明らかに、無機質の光に照らされた永田町駅の地下道があった。かすかに、半蔵門線の不通を伝えるハンドマイクの声も聴こえた。残業帰りらしいサラリーマンが、ちょうど真下で立ち止まり、舌打ちをして引き返して行った。

真次は自分が、どうとも説明のつかない空間のひずみに立っていることを知った。

新中野駅の出口から差し入る月かげが、立ちすくむ半身を切り分けていた。

階段の上にはスーツケースが、置き去られた犬のように主人を待っている。そこに戻るには勇気がいる。もし夢ではないとしたら、自分はとうとう、どうかなってしまったのだから。

5

「なんだ、これ」

「忘れ物じゃないのか」

通りすがった二人づれの若者が、スーツケースに手をかけた。真次はあわてて階段を駆け昇った。

「おい、さわるな。忘れ物じゃないぞ」

乱暴に荷物を奪い返した。若者のひとりは関わり合いを避けるように去りかけたが、もうひとりは訝《いぶか》しげに目を吊り上げて睨み返した。

「そんな言いぐさはないでしょう。こうやって放っぽらかしてあれば、誰だって忘れ物だと思うじゃないですか」

「おい、かまうなよ。おっさん酔っ払ってんだ」

去りかけた男が言った。たしかにこんな言いぐさはないな、と真次は反省した。

「やあ、すまん。重いから、ちょっと置いといたんだ――ここがどこだかわからなくなっちゃって」

若者が表情をゆるめたのは、真次を道に迷った旅行者だと思ったからにちがいない。

「ここですか。ここは新中野。鍋屋横丁ですよ。どこに行くんですか？」

近ごろでは珍しい、一本気で誠実な若者だと真次は思った。

少し酒が入っているふうだが、身なりはきちんとしている。いかにもラグビーでもやりそうなたくましい体に、スタジアムジャンパーを着ている。丈のつんつるてんに短いコットンパンツはいささか季節はずれだが、リーガルのローファーは、ピカピカに磨かれている。こういう小ぎれいななりの学生は近ごろいなくなった。

去りかけた友人はいくらか大人っぽい。トラッドなレジメンタル・ストライプのネクタイをきちんとしめ、白いステンカラーのコートの襟《えり》を立てている。足元は、これもお揃いのリーガルだ。

「溝ノ口に行くつもりが、地下鉄を乗りまちがえたみたいでね」

スーツケースを引き寄せて、真次は間をつくろうように言った。すると、若者たちは気の毒そうに顔を見合わせた。

「ぜんぜん見当ちがいだよなあ」

「溝ノ口って、川崎の溝ノ口でしょう？」

彼らが一見して年齢不詳に見えるのは、その極め付きのアイビー・ルックのせいだろう。自分の青春時代とそっくりな彼らのファッションを、真次は懐かしく見つめた。

「それだったらね、地下鉄で新宿に出て、山手線に乗り換えて、渋谷から――」

「ええ、わかってます。新玉川線に乗ればいいのは。半蔵門線が止まってましてね、それで迷い子になったんだ」

真次はためらいがちに階下を振り返った。(お・の・ぼ・り)、とコートの若者が声を出さずに口を開け、クスッと笑った。ジャンパーの若者も笑いながら言った。

「わかってねえよ、おじさん。何だよそのシンタマとかハンゾーとか。いいかい、渋谷まで行って、玉電に乗るの。三軒茶屋っていうところで二つに分かれるから、下高井戸行きに乗っちゃだめ。二子玉川の方へ行くやつに乗るんだ」

こいつ、からかってるな、と真次は思った。しかし、そんな昔のことを知っている若者には、怒るよりむしろ親しみを感じた。冗談に乗るつもりで調子を合わせた。

「二子玉川って、髙島屋のあるとこでしょう」

若者たちは笑わない。やってられんというふうに溜め息をつく。

「あのね、知ったかぶりしちゃだめだって。いいかい、おじさんが前に来たときとじゃ、東京は全然ちがってるんだ。今年はオリンピックだぜ」

「え？　――オリンピック？」

「そう建築ラッシュですっかり様変わりしてるんだからね。いいか、髙島屋は日本橋。二子玉川っていうのは、遊園地のあるところ」

「遊園地はとっくになくなったよ。からかうのもいいかげんにしてくれ」

ほっとけ、とコートの若者が目配せをした。立ち去りかけて、ジャンパーの若者は振り返った。

「それじゃ、ひとつだけ言っとくけどさ。わからなくなっても、やたらに流しのタクシーは拾うなよ。この時間におのぼりが乗ったら、カモネギだからね。ちかごろ構内タクシーっていうのができたから、少し並んでもそれに乗ること」

「ああ、そうだよ。それがいい」、とコートの若者も振り向いた。「渋谷からだって、五百円もあれば行くだろう。千円払うって言えば、白タクだって喜んで行くさ」

若者たちはおかしそうに笑いながら、落葉を敷きつめた舗道を去って行った。

若者の残した整髪料の匂いが鼻をついた。懐かしい香りだ。甘ずっぱい柑橘系《かんきつけい》の

――ああ、バイタリスだ！

「待ってくれ、おい、ちょっと！」

真次は若者たちを呼んだ。一瞬振り向くと、ジャンパーの男は「わかったわかった」というふうに手を振った。コートの男は大事そうにヴァン・ジャケットの薄茶色い紙袋を抱えていた。

どこか知らない町の、知らない時刻に立っているような気分になった。

スーツケースをごろごろと曳きながら、鍋屋横丁の交叉点の光を目ざして、真次は歩き出した。

商店街のアーケードの下に入ってから、真次は少しずつ異変に気付き始めた。

「まさか、ね……」

頭上には華やかな提灯が並んでいる。ずいぶん季節はずれの祭りだと思いながら見上げると、「祝・東京五輪」という文字が目に飛びこんだ。立ち止まって、脂じみたメガネを拭《ぬぐ》った。スピーカーから流れているのは、まぎれもない「東京オリンピックマーチ」である。

「冗談だろ……勘弁してくれよ……」

恐怖心はなかった。むしろ博覧会のアトラクションか、博物館のパノラマの中に入ったような気分だった。

真次は懐かしい町の店先を眺め、行き交う人々の顔を一人ずつ見つめながら歩いた。

交叉点の角には石造りの銀行が鋼鉄の鎧戸《よろいど》を閉ざしていた。電光時計はまだ宵の時刻を示している。町の賑わいも、たしかに午後七時のそれだ。しかし、安物だがほとんど狂うことのない彼の腕時計は十一時に近い。

電器屋のショーウインドウの前で真次は立ち止まった。四本の脚のついた白黒テレビがこれ見よがしに置かれている。クレージー・キャッツのコントが映し出されていた。

勤め帰りらしい同年配の男が大声で笑いながら、真次に話しかけてきた。

「しかし、テレビも安くなりましたねえ。十九インチで六万三千九百円。こういうものはやっぱり、あわてて買うもんじゃないですねえ。おたくは？」

「ええ。いや、このあいだ二十九インチを入れたんですけど、部屋が狭いからかえって見づらくって」

思わず答えて、真次は口をつぐんだ。

「二十九インチ！　舶来ですか」

「あ、いえ、十九です。これと同じですよ」

男は目を戻して、いいなあ、と呟《つぶや》いた。

「うちは皇太子ご成婚のときに買っちゃったんです。失敗したなあ。十四インチで十万もしたんですよ」

真次は混乱した。男の言う皇太子が、今の天皇を指すのだと気付くまでは、しばらくの時間が必要だった。

「スタジアム19」と名付けられたパンフレットに目を留める。

〈世紀の祭典をごらんいただく日立テレビ！　今こそ、お求めのチャンスです。東京オリンピックの始まる10月10日まで、最新型日立テレビを毎月二千円から〉

「うーむ、買いかえるかな、うちも——」

と、男は真剣な表情をした。

「十九インチだと、三千円の十二回、ボーナス月が一万円か。それはいいとして、初回金の七千九百円が痛いね」

オリンピックマーチに古い演歌が混ざり合って、真次は振り返った。隣は祖父が毎日通っていたパチンコ屋だ。もしや、と思ったが、祖父が死んだのは東京オリンピックの前年だったことを思い出して、真次は落胆した。

交叉点の脇の電話ボックスが目に留まった。クリーム色の胴体に赤い屋根を冠《かぶ》った懐かしい形である。電話をかけてみようと真次は思った。

正方形のタイルを組み合わせた歩道にスーツケースを曳いて、電話ボックスに入る。出しかけたテレホンカードをしまい、十円玉を入れた。二枚入れると、たちまち一枚は返却口に戻ってきた。

生まれ育った家は近かった。誰が出るだろうと胸をときめかせながらダイヤルを回す。

長い呼音のあとで、少年の声が聞こえた。

〈もしもし、小沼ですが〉

圭三の声だと、真次は思った。東京オリンピックの年、自分は中学二年だったから、弟はまだ小学生だ。

〈どちらさまですか〉

誰かと聞かれても困った。真次はとっさに、差し障りのない嘘をついた。

「ヤマダというものですが――真次君、いますか」

当の本人が電話口に出たら、と考えると、背筋が寒くなった。

少年は一瞬黙ってから、けたたましく笑い出した。

〈ハハッ、おっかしいなあ。おじさんでしょう？　声ですぐわかるよ。ちょっと待ってて、おとうさん、今帰ってきてお風呂に入ってるから〉

電話の少年は圭三ではなく、小学生の甥《おい》なのだ。だとすると、電話の回線だけは生きていることになる。

〈電話、すごく近いですね。そばにいるんですか〉

「いや、そういうわけじゃないが……」

〈おじさんちに寄ってきたって言ってたけど、おとうさんと会わなかったんですか〉

「ちょっと仕事で遅くなってね。まだ出先なんだ」

「おばあちゃんに図書券もらっちゃって、遅いから電話してないけど。帰ったらありがとうって、言っといて」

電話の向こうはやはり夜更けの時刻なのだろう。少年のこまっしゃくれたしゃべり方は、たしかに子供のころの圭三とそっくりだった。

甥は父の名を呼びながら廊下を走って行く。兄弟の皮肉な暮らし向きの違いは、受話器の中にも聴きとることができた。

圭三が出た。さて、どこからどう説明したものだろう。

「遅くなって悪かったな。まだ出先なんだが……いま、鍋横にいるんだ」

〈え？　本当かよ。珍しいね〉

「珍しいどころか、二十何年ぶりだ。おやじ、具合が悪いそうだな」

〈先週から東京医大に入院してる。頼子《よりこ》さんも今日は向こうに泊まりだから――寄りなよ、気にしないで〉

頼子は父の後添いである。広い屋敷の半分は会社に売却して商品センターが建てられたが、それでも数百坪も残った敷地に、父と圭三は別棟を建てて住んでいた。だが、そう聞いているだけで、実際に行ったこともなければ、頼子という戸籍上の義母の顔も知らない。

〈どうしたんだよ、あにき。もう遅いし、泊まってけよ。まさか道順を忘れたわけじゃないだろう？〉

圭三は嬉《うれ》しそうに言いながら、大きなくしゃみをした。

「いや――だが、たぶんそこには行けないと思う。誤解するな、おまえの考えているような、メンタルな事情じゃない」

〈どうして？　まだ仕事なの〉

「そうじゃないんだ。この足でそっちへ行くと、何だかとてもまずいことになりそうな気がする」

〈何言ってんだよ。俺と子供らしかいないんだ。酔ってるのかい？〉

「すまんが、ちょっと出てきてくれないか。うまく会えれば、連れて行ってもらえるかもしれんし。そうしてもらうとすごく助かるんだがな」

〈具合でも悪いの？〉

「悪いといえば、悪いな。目も耳も鼻も、どうかなっちまったみたいだ」

こんな電話などかけるべきではなかったと真次は思った。説明のつかぬことであるから、言葉はいちいち間延びし、濁る。事態の異常さだけが伝わって、弟をひどく不安がらせるだろう。

ふと真次は、兄が家を飛び出して自殺する直前、家に一本の電話を入れてきたことを思い出した。受話器を取った母が、兄とどういう最後の会話を交わしたかは知らない。兄が父と口論の末、家を飛び出すのはそれまでも行事のようなものだったから、母はまさかそれが命の電話であるとは気付くはずがなかった。口にこそ出さぬが、その一本の電話がどれほど母の心に重い悔いを残しているか、真次は良く知っている。だからこそ口にしないのだと思う。

〈しっかりしてくれよ、あにき。今日がどういう日だか、知ってるのか？〉

圭三は声を改めて言った。

「わかってるさ。どうやら悪い酒を飲んじまったようだ。クラス会があってな」

また余分なことを言ってしまった。母校の後輩でもある圭三には、兄がどれほど自尊心を傷つけられ、肩身の狭い思いをしたかがわかるはずだ。考える間もなく、圭三は性急に言った。

〈すぐに行くから、そこを動くんじゃないよ。どこの電話？〉

「交叉点のそばの、パチンコ屋の前だ。じいさんがよく行ってた」

〈ああ、もとパチンコ屋のあった所だね。ゲームセンターの前だろう〉

「いや……来れば、わかるさ」

〈向かいのビルの二階にスタンドバーがあるから、そこにいてくれよ〉

「ないぞ、そんなもの。角の文房具屋はもうシャッターが閉まっている」

〈文房具屋？　……わからないかな。じゃあ、角を曲がって、昔オデヲン座のあったところが駐車場になってるから、そこで待ってて。二、三分で行くから〉

それだけを言って、圭三はあわただしく電話を切った。

（オデヲン座の跡？　――）

電話ボックスの窓からは、派手な照明に彩られたオデヲン座が見えた。

「キューポラのある街」と書かれた大看板には、おさげ髪の少女と角刈りの青年が見つめあっている。

圭三と会うことはできないだろう、と真次は思った。

アーケードの下を少し歩いて、オデヲン座の前に立つ。絵看板を見上げながら、兄がその女優のファンだったことを思い出した。「明星」や「平凡」に載った彼女の写真を切り抜き、ノートにスクラップする下世話な趣味は、全く兄には似合わなかった。

女優はまだ十七か十八だろう。真次はウインドウに飾られたスチール写真を、入れ替え待ちの人々と並んで眺めた。

ひやりと思いついて、真次は周囲を見渡した。今このとき、兄はどうしているのだろうと思ったのだ。

ブザーが鳴り、小さな場末の映画館にどうやってこれだけの人が入っていたのだろうと思われるほどの群衆が吐き出されてきた。

待ち受けていた人々は、入れ替わりに切符を買って入場して行った。

真次は切符売場の脇の赤電話にとりついた。二つ並んだ電話機のうち、小さい方は市内通話専用で、大きい方は市外にもかけることができる。自宅のダイヤルを回すと、妻が出た。

〈何してるの、あなた。いま圭ちゃんから電話があったわ。あなたの様子がおかしいって。どこにいるの、圭ちゃん、探してるのよ〉

「おふくろに代わってくれ、早く」

〈どうしたの？　何かあったの〉

「いいから、早くかわれ」

〈おかあさん、真っ青になってお題目あげてるわ。よりにもよって、なんで今日こんな心配させるの〉

「帰ってから話す。急ぐんだ」

母は大声で呼ばれて電話口に出るなり、「ああ」、と言葉にならぬ安堵《あんど》の声を出した。

〈よかった――あたしゃまた、あんたがおにいちゃんに呼ばれたんじゃないかって、縁起でもないけどね。圭ちゃんまでそんな言い方したから。行きちがいになっただけよね、そこいらもすっかり変わっちゃっているだろうから〉

たしかに行きちがいのうちだろう。本当のことを言えるのは母しかいないと、真次は考えた。

「それが――ちっとも変わってないんだよ」

母は押し黙った。不安がらせぬように、真次はいちど咳払いをし、柔らかく言った。

「あのね、かあさん。俺がこれから言うことを、信じてくれますか」

〈さあ……何でしょう。あんまり驚かさないでおくれよ〉

「俺、にいさんに呼ばれたかもしれないんだ。ちょっと様子が変なんだ」

〈――どういうこと？　体、おかしいの？〉

「そうじゃない。いま鍋横にいるんだけど。オデヲン座の前に。それがね――どこも変わってないんだよ。交叉点も、商店街も。圭三はとっくに駐車場になってるって言ってたんだけど、オデヲン座がちゃんとあるんだ。会えるわけないさ」

〈あらあら、圭ちゃん勘ちがいしたのかしらねえ。毎日車の送り迎えだから、そこいらのことはかえって知らないんじゃないの〉

「ところが、おかしいのはどうやら俺の方らしいんだ。『キューポラのある街』を封切っていて、そう――主演は吉永小百合と浜田光夫だよ」

〈そりゃおまえ、リバイバルだろう〉

「ちがうんだ。入場料が二百五十円って書いてある」

話しながら真次は事態を確認し、次第に興奮してきた。

〈落ちついて。よおく見て。何かのまちがいだから〉

母の言う通りに真次はいちど目を閉じて深呼吸をした。祈る気持ちで目を開けると、人ごみの中に顔見知りの和菓子屋の店主が立っている。真次は思わず背を向け、受話器を手でかばいながら言った。

「花鳥堂のおやじがいる。いま、オデヲン座から出てきたんだ。まちがいないよ、相変わらず太ってて、禿《は》げてる」

〈相変わらずって——花鳥堂さん、とっくに亡くなってるじゃない。まだ私らが中野にいた時分よ。なに言ってるの、あんた〉

「信じてくれよ、かあさん。俺、嘘ついたことがあるか。節子の知らないことだって、かあさんにはちゃんと話してきた」

こんなことを真剣に考えてくれるのは、母しかいないと真次は思った。少し間を置いてから、母は小声で囁《ささや》いた。

〈じゃあ、あんた——せんにテレビで見たお話みたいになっちゃったって、そういうんだね〉

母はこの途方もない事実を、見もせずに信じてくれた。

「俺、どうすればいいと思う？」

〈帰ってこられるかどうかの方が心配だよ〉

「それは大丈夫だと思う。出口はちゃんと知っているから」

〈ならいいけど……〉

真次は口ごもる母に、電話をかけた本心を告白した。

「あのね、かあさん。妙なこと聞くけど、あにきが死んだのは何時ごろだったかな」

〈やだねえ、そんなこと。そう――遅かったよ。ちょうど今ごろだったと思うけど……やだ、やだ〉

真次は時計を見た。たしかに腕時計は午後十一時を回っている。

「実はね、こっちはまだ七時なんだ。もしかしたら、まだ間に合うかもしれないと思って。ねえ、かあさん。俺、どうしたらいいんだ」

何のためらいもなく言った母の声は、うわずっていた。

〈きっと家に……いや、ちがうわ。ごはんも食べないで出て行ったんだから、その辺にいないかね。ねえ、真ちゃん、おにいちゃんその辺にいないかね〉

おかあさん何の話？　と横あいで妻が言った。母の声は話しながら昂《たか》ぶってきた。

〈後生だから、真ちゃん。おにいちゃんを探して。本屋さんとか、喫茶店とか、そうだ杉山公園に行ってみて。おとうさんとけんかすると、おにいちゃんよくあそこで街

頭テレビを見てたから〉

「わかった、切るよ。急ぐから」

ことんと受話器を置く音がして、母の声は遠のいた。手を合わせているのかもしれない。

真次は電話を切った。

花鳥堂の店主が立話をしていた。スーツケースを曳きながらやりすごそうとすると、「こんばんは、小沼さん」、と声をかけられた。

店主は太ったあから顔をほころばせて禿頭を下げている。

「やあ、旦那《だんな》さんもやっぱりサユリちゃんのファンで？――いや、その節はどうも」

自分を父とまちがえたのだと思うと不愉快になった。真次には較べようもないが、若い時分の父とうりふたつだと、母は今も口癖のように言う。

この際、父になりおおすしか方法はなかった。近所づきあいなど何もない父だったが、一年の間に祖父と祖母の弔《とむら》いを出せば、葬式饅頭《まんじゅう》を納めた花鳥堂が頭を下げぬはずはない。

「どうも、その節は」

「いや、旦那さんお忍びでしたかな。それでしたらおたがいさまで。じゃ、あたしゃこれで」

店主は綿入れの半纏《はんてん》の襟を寒そうにかき合わせると、ていねいに頭を下げて去って行った。

照明のはぜ返るような澄んだ冬の空気が、あたりに満ちていた。

店主はうすぼんやりとした裏通りの闇に歩みこみ、少し離れた花鳥堂のシャッターをくぐった。

「どら焼・羊羹《ようかん》」と書いた白い看板の電気が消えた。

あの男はもういちどだけ、たぶん明日の晩は徹夜で葬式饅頭を作り、小沼家に届けるのだ――そう気付くと、真次は振り返って歩き出した。

6

アーケードがことさら明るく感じられるのは、オリンピックを間近にしてうかれ上がった景気のせいだろうか。この年を端緒としためくるめく高度成長が、すべての人々の行く手に待ち受けている。それは彼らの誰ひとりとして予想だにできぬ、急激な繁栄だ。

八百屋の店先で日めくりカレンダーを見、時間が正確に三十年間を巻き戻していることを、真次は冷静に確かめた。

では、四時間の誤差はいったい何なのだろう。誰が用意したものかは知らない。しかし、自分や圭三や母の運命を変えうる四時間だと、真次は思った。

本屋にも喫茶店にも、兄の姿はなかった。真次は苛立ちながら、三十年前のこの夜に起こった出来事を思い出そうとした。

父と兄との口論。兄が家を飛び出したのは、確かに夕食の前だった。

真次が食事の用意が整ったことを告げに居間に入ったとき、父と兄は暖炉の前で睨《にら》み合っていた。

――おまえのように他人の飯も満足に食ったことのないやつに、そんな意見をする資格はない。だまれ。

――何も頼んで食わせてもらっているわけじゃありません。子供を扶養するのは親の義務です。

――生意気を言うな。見ろ、こうやって時間になれば、親に悪態ついていようが何をしていようが、ごはんだと呼びにくる。そのありがたさが、おまえにはわかっていない。

そんなやりとりがあった。兄が出て行ったときは……そうだ――。

――おまえがそんなふうだから、真次も圭三も父親を馬鹿にする。たしかに俺は満足に字も書けん。だが、おまえの齢には、あのろくでなしのじいさんとばあさんを、もうりっぱに食わしていた。

——そんなこと言うの、よくないよ。死んだ人のことを悪く言ったりするのは。

と、真次は兄の肩を持ったわけではないが、父に向かってそう言った。中学二年の真次には、怒鳴り合う父と兄が巨《おお》きく見え、口を挟むこともたいそう勇気の要ることだった。

——おまえは黙っていろ。昭一と話しているんだ。おい、ともかく大学の入学金までは出してやる。あとは苦学でも何でもして、少しは親の苦労を知ることだ。

——出て行けということですか。だったら今、出て行きます。お世話になりました。

——ふん、何べん同じことを言いやがる。どうせ明日の朝になれば、知らん顔をして飯を食ってるくせに。

あの最後の一言は余分だった、と真次は思った。激昂《げっこう》した父はすっかり冷静さを欠いて、親としては言ってはならない言葉を口にした。気付かぬうちに、兄を追い詰めた。

兄は出て行った。たしか自転車に乗って。

父ならずとも、誰もがたかをくくっていた。しかし、人々の寝静まったころを見計らって、古い洋館の回り階段を軋《きし》ませてくる兄の足音は、その夜ついに聞くことはできなかった。

警察から訃《ふ》報《ほう》のもたらされたのは、夜も更けてからである。身元は地下鉄の入口に乗り捨てられた自転車のネームから割り出された。

空白の四時間を、兄はどこで過ごしていたのだろう。母はきっと、本屋だろうか喫茶店だろうか、公園の街頭テレビを見ていたのだろうかと、三十年たった今でも思いめぐらすことがあるにちがいない。

真次は交叉点の周辺の本屋と喫茶店を覗《のぞ》いて回った。杉山公園まで行ってみようと、商店街を戻りかけたとき、はじめに足を止めたパチンコ屋の前で、真次は思いがけなく見覚えのある自転車を発見した。

それは、自分が最後の「おさがり」として手に入れた、ドロップハンドルの自転車だ。イタリア製のパーツを取り扱う神田の自転車屋でオーダーメイドした自慢のそれを、兄は生前、決して弟たちの手に触れさせようとはしなかった。

ジュラルミンのボディ。ペダルには革の靴止めが付いており、ハンドルは赤いテープで巻かれている。「S・KONUMA」という名前も、古びもせずに読み取れた。

「イニシャルが同じだから、いいね」、と圭三がうらやましげに言った言葉が甦《よみがえ》った。

(そうか。あにき、パチンコをやってたのか……)

母が三十年間考え続けても、決して解くことができなかった「空白の時間」の答えはそれだった。

勤勉で実直な兄が、最後の時間を過ごした場所としては、たしかに意外だ。

しかし、思い当たるふしがないではない。

祖父が幼い兄をしばしばパチンコ屋に連れて行ったことを、真次はおぼろげに記憶している。「昭、ちょっくら涼《すず》みに行くか」、と祖父はいたずらでもするように家族の目を盗んでは兄を連れ出した。もちろん祖父に悪意があったわけではあるまい。

兄が家族の寝静まるまでの時間をもて余して、ふと幼いころに親しんだパチンコ屋に入ったとしても、ふしぎはない。

真次は狭い間口の扉を開けて、店内に入った。

耳を覆いたくなるほどの騒音である。玉を吐き出す金属音と声高に話し合う会話。ボリュームいっぱいに軍歌が鳴り響き、空気は人いきれとタバコの煙とで、目を刺すほど濁っていた。

ワックスを引いた木の床は、紙コップや吸いがらや吐き散らされた痰《たん》やらで、足の踏み場もないほど汚れている。

人々は立ったまま、どれも肩をいからせ計ったように半身に構えて台に向かっている。同じリズムの体の動きが、昆虫の群のようだ。

「おおい、出ねえぞ！」

叫び声がまるでそれすらも決められたルールのうちであるかのように、あちこちで起こる。そのつど台の上から厚化粧の店員が顔をぬっと突き出して、短いやりとりがある。

「はいってないよ、お客さん！」

「はいってるって。いかさまか、おい！」

「台、たたかないでね、わかった！」

「みろ、出るじゃねえか。とぼけやがって」

殺伐《さつばつ》としているが、温かみのある光景だった。

「玉貸場」と書かれたカウンターにスーツケースを寄せ、真次は兄の姿を探した。

通路は肩をすくめなければ歩けぬほど狭い。勤め人たちが帰りがてらにやってくる、ラッシュアワーなのだろう。

間口の狭いわりに、奥行の深い店だった。左右の横顔を確かめながら歩き、突きあたりの壁に並んだ一列に白いビニールヤッケの背を見つけたとき、真次は驚くより、かっと胸が熱くなった。

警察の遺体安置室で見た兄の体が、その薄っぺらなヤッケで包まれていたことを思い出した。

兄はいかにも不馴《ふな》れな感じで、左手に握った玉を一発ずつ、台の穴に送りこんでいた。

「おにいちゃん」、と昔のままの口ぶりで呟《つぶや》いたなり、真次はいちど立ちすくんだ。慄《ふる》える膝《ひざ》を一歩ずつ送り出すように歩く。兄の背は確実に近づいてきた。

自らを励まして感情を押しとどめ、自然に語りかける方法を真次は考えた。しかし言葉を考えつくより先に、手は兄の肩に触れていた。

振り返った兄の顔を決して忘れまいと真次は思った。もしこれが悪い夢であっても、母に語って聞かせてやれるように、できることなら絵にでも描いてやれるように、真次はまじまじと少年の顔を見つめた。

振り返った兄は、「あれ？」と言ったなりふしぎそうに真次を見た。

兄は、父に良く似た中年の男に肩を叩《たた》かれてとまどっているのだ。

「昭一君、だよね……」

真次は思いついたなりを口にした。

「どなた、ですか？」

記憶の中の兄のそれとはちがう、甲高い少年の声で兄は訊《たず》ねた。体つきもずっと華《きゃ》奢《しゃ》に見える。背もこんなに低かったろうか。

若くして死んだ兄の姿が、心の中で象徴化されて、実物よりもずっと偉大でたくましい男の姿になっていたことを真次は知った。

落ちつけ、と真次は自分を叱咤《しった》した。

「小さいころに会ったきりだから、覚えていないだろうね」

「親類の方、ですか。あんまり父に似ているんで、ビックリしました」

不用意な嘘《うそ》をつくべきではあるまい。真次は言葉を呑《の》み下して背広の襟を返し、「小沼」というネームを見せた。

「パチンコ、うまいんだな。じいさんゆずりか」

笑いながら言うと、兄はいかにもまずいところを見られたというふうに、懸命な言いわけをした。

「もうじき受験なんです。くさくさしちゃって、それで。内緒にしておいて下さいね」

やはり兄は死ぬことなど考えてはいなかったのだと、真次は知った。このさりげない会話と明るい表情を母に伝えることはできない。最後の電話に応じた母を、いっそう責めることになる。

この先いったい兄の心の中に、なにが起こったのだろう。

「ともかく出ようか。ここじゃ話もできない」

「玉が……タバコ、何ですか」

青いプラスチックの小箱に玉を集めて、兄は訊ねた。

「マイルドセブン。おごってくれるのか」

真次はワイシャツのポケットからパッケージを取り出した。

「洋モク、ですか。そんな上等なもの、置いてないですよ、きっと」

兄は人ごみをかき分けて景品所に向かった。

カウンターにはすさんだ感じのする若い女が、くわえタバコで立っていた。玉を買いに来た客から百円玉を受けとると、女はぞんざいに回転式の玉貸機のレバーを引いた。

景品といっても、チョコレートと缶詰と、何種類かのタバコが置いてあるだけだ。

「マイルドセブンっていうタバコ、ないですか」

兄が訊ねると、女は首をかしげて「そんなのないよ」、と言った。

「ないって。どうします」

「それ。パールって言ったっけ」

黄色いパッケージを指さすと、女はいいかげんに皿の上で玉を数え、パールを五個手渡した。

「父と、同じですね」

「おとうさんに持って帰ってやれよ。きっと機嫌もなおる」

「何て言うんです？　パチンコをやったたって言うんですか」

聡明《そうめい》な少年だと思った。兄はヤッケの胸ポケットから毛糸の手袋を取り出して、繊細な感じのする掌に嵌《は》めた。

扉を開けて外に出ると、身のすくむような凩《こがらし》がアーケードの下を吹き抜けていた。自転車のロックをていねいに外しながら、兄はふと気付いたように顔を上げた。

「父の機嫌が直るって、もしかしたら、ぼくを探しに来たんですか？」

「いや――けんかして飛び出して行ったたっていうから。さっき、門のところで運転手さんに聞いたんだ」

「村松さんに？」

「そう。だから家の人は誰も知らない。お節介《せっかい》だったかな」

「じゃあ、偶然出会ったことにしましょう。そうして下さい」

「いや、俺はもう遅いから帰る。何も言う必要はないさ。家まで送って行こう」

「だって、おじさん、うちに来たんでしょう？」

「そのつもりだったんだが——やっぱりやめた。気が進まない」

兄は手を止めて真次を見つめた。

「いろいろあるみたいですね。なんだか良くわからないけど、なんとなくわかりますよ」

詮索《せんさく》するべきではないと決めたように、兄は微笑《ほほえ》んだ。

「ところで、それ何です？　ずいぶん大荷物ですけど——旅行の帰りですか」

「まあ、そんなところだ」

「外国？」

遠回しに訊ねることで、兄は謎《なぞ》の親類の正体をあばこうとしているようだった。

「そう。長かったんだ。で、久しぶりに寄ろうとしたんだけど、やっぱりやめた。どうも君のおとうさんは苦手なんだ。黙っていてくれ。いずれ改めて伺《うかが》うから」

「はい。我が家は複雑ですからね。そのうえ父があういう人だから、親戚《しんせき》づきあいがないんです。いとこだって何人もいるらしいんだけど、会ったこともないんですよ。おじさんのところにもいるんでしょう？」

「ああ。中学二年の娘と小学校のせがれ」

「中二――じゃあ、うちの真次と同じですね」

真次はどきりとした。アーケードの下を歩き出しながら、おそるおそる訊ねた。

「真次君は、どうしてる？」

「僕と同じ学校に行ってます。おとなしいやつで、けっこう成績もいいから、おやじのお気に入り。ふたこと目には、昭一はどうしようもないけど真次は素直だって、言います。跡継ぎは、あいつですね。おかげで助かりますよ」

はて、そんなこともあったのかと、真次はふしぎな気分になった。少なくとも父が自分を特別扱いしたという記憶はない。

「圭三君は？」

「あいつはだめです。遊んでばかりいるから、うちの中学はむりでしょうね。家庭教師が二人もついて特訓中だけど」

真次は歩きながら、パールのパッケージを開けて一服つけた。両切のタバコにして

はずいぶん軽い味だ。

と、兄は手を伸ばして、真次の使い捨てライターをつまみ上げた。

「変わったライターですね。外国のですか？」

「うん、使い捨てだ。ガスは入れられない」

「へえ」、と兄は足を止め、珍しげにライターを灯《とも》した。にきびだらけの、しかし見るからに賢そうな兄の横顔が闇《やみ》に浮き上がった。

「そうか。揮発油じゃなくって、液体の圧縮ガスを使ってるんですね。この細いパイプで気化して噴射するのか。よくできてるなあ。いくらぐらいするんです？」

「一ドルさ」

と、真次はとっさに答えた。兄は愕《おど》きの声を上げた。

「一ドル！　三百六十円もするものを使い捨てちゃうなんて、やっぱり生活のレベルがちがうんですね。アメリカでしょう？」

真次は答えずに微笑み返した。

「君は、理科系なんだね。将来はどの道を行くつもりだい」

「実はですね」、と兄は大人っぽい口ぶりで言った。「父は東大の理科一類に行けって

から」

言ってるんですけど、願書は京大の理学部に出しちゃったんです。物理学をやりたい

「そう。またひともめありそうだな」

「かまやしません。どうせ苦学しろって言ってるんだから、東京を離れた方が僕もやりやすいし」

兄がそんな決心をしているとは知らなかった。帰ったら母に訊《き》いてみようと真次は思った。

「ともかく、短気はおこしちゃだめだよ。おとうさんはおとうさんでいいじゃないか。君はしっかりと自分の人生だけを考えることだ」

言いながら、兄を説得している自分に気付いた。そう――このまま家に送り帰せばいいのだ。今日という日が過ぎさえすれば、兄は死なずにすむ。

満月はあかあかと南の空に懸かっていた。三十年前の街が、こんなにも暗かったとは知らなかった。

地下鉄の入口を、息をつめてやり過ごす。

「おじさん、祖父の葬式には来なかったですよね」

「ああ、忙しかったから」

「忙しかっただけじゃないでしょう。うちはいろいろあるから、親類の人はほとんど来なかったんです」

「でも立派なお葬式だったそうじゃないか」

「みんな父の仕事の関係の人。やり手だから」

つまらなそうに兄は言った。

青梅街道を折れると、真暗な夜道だった。街灯の丸い輪が、行く手にぼんやりと続いていた。兄は少しでも時を稼ぐように、ゆっくりと歩いた。自転車を押す兄とスーツケースを曳《ひ》く自分の影が、電球に押し倒されて長く延びて行った。

青梅街道を折れるとしばらくは廂間《ひあわい》の詰まった民家が続き、やがて塀に囲まれた邸宅街へと入る。関東大震災と戦災で下町から移ってきた人々の家と、戦前に高級住宅地として売り出された土地とが、画然と町のたたずまいを分けていた。

屋敷町の辻《つじ》を折れると、夜空にひときわ抜きん出た実家の森が見えた。西洋趣味の元華族が作った、樅《もみ》の木の森である。

「寄って行ってくれると、助かるんだけどな」

兄は困ったように呟《つぶや》いた。さりげない少年の一言は衝撃的だった。

（帰る理由さえあれば良かったんだ）

真次は痛恨の涙を流した。結局、兄は四時間もの間、家に帰る理由を考え続けていたにちがいない。それを探しあぐねて死んだのだ。

真次は自転車のハンドルを奪うと、いきなり兄の体を抱きしめた。

軋《きし》むように細い少年の体だった。大の大人でさえパチンコ屋で怒鳴り合う、こぞって日活の青春映画に押し寄せる、そんな単純で純粋な時代の、十七歳の少年だった。

刈り上げたうなじを抱き寄せながら、どうしても呑み下しきれぬ言葉を、真次は兄の耳元で囁《ささや》いた。

「辛抱してくれよ、にいさん。俺や圭三のことはかまわない。かあさんがかわいそうなんだ。三十年も苦しみ続けているかあさんを、俺はどうしてやることもできないんだ。なあ、頼むよ」

兄は愕いて真次の胸を押し返すと、照れるように笑った。

「ほんとうに寄っていかないんですか。父も少しは丸くなったと思いますけど。会いたくはないんですか？」

答えを探しあぐねるうちに、二人は鋼鉄の門の前に立っていた。

葛《かずら》の生い茂った番小屋の庭で、運転手が犬とじゃれ合っていた。村松だ。

門灯に手びさしをかざして、村松は近寄ってきた。

真次は暗がりに後ずさった。

「どなた？　――昭一さんか」

東北訛《なま》りの残るなつかしい声だった。正体の見えぬ間に、真次は去りかけながら言った。

「みちみち事情を聞いたんだけど、おやじさんとけんかして帰りづらそうだから、すまないけどもう少し、匿《かくま》ってやって下さい。な、昭一君、そうしろ」

真次はそれだけを言い置いて逃げ出した。

闇の中で囁き合う声がした。

「寄ろうとしたんだけど、やっぱりやめたって」

「社長のご兄弟？　聞いてねえけどなあ」

「いろいろあるみたいなんだ――」

おじさん、と兄が呼んだ。真次は闇の先で手を振った。

7

「シンデレラナイト」という、品も節操もない名前は、実はブランド・ネームで、会社の正式な名称は、「有限会社岡村《おかむら》衣料商会」である。

いかにも神田界隈《かいわい》の問屋というお堅いイメージだが、商品が商品であるだけに、添えて差し出す名刺の社名としては、不適当を通りこして生々しい感じだった。

そこで社長の岡村が懸命に頭をひねって、横文字のネームを考えついたのだ。

「シンデレラ」は女性の変身願望を表し、「ナイト」はロマンチックな夜と、夢の世界にいざなう白馬の騎士にかけてあるのだと、岡村が実《まこと》しやかに説明したとき、社員たちは思わず噴き出したものだった。

だが、いったんその名刺を持って営業に出てみると、かつては息づまる一瞬だったスーツケースを開くときも、たいした勇気の要らぬことに気付いた。

第一、聞く分にも、「おしゃれ下着シンデレラナイト」と続けて言えば、これは実に据わりがいい。もともと節操などとは無縁の、むしろ無節操そのものが商品なのだから、この命名は傑作だと、ちかごろでは誰もが考えるようになった。

で、名刺を薄いピンク色にし、ついでにその左上に虹《にじ》色のアーチをかけた。これで、スカーフだのハンカチだのTシャツだの、それこそ無節操に雑物を取り扱って何とかやってきた会社は、名実ともに怪しげな下着屋になった。

俗に「B反《ビーたん》」と呼ばれる余り布を、繊維問屋からただ同然で買い集め、埼玉の下請工場で縫製する。会社には宝の持ち腐れのような腕利きのデザイナーもちゃんといるし、素材が「百パーセントシルク」であることにちがいはないから、売れさえすればけっこう実入りのいい商売だった。

社長の岡村は根っからの苦労人である。そしてたぶん、この先も永久に苦労するタイプである。

でっぷりと太った体のせいで、いっけん怠惰《たいだ》な印象があるが、実はたいへんな働き者であることを誰もが知っている。定刻の一時間も前に出社し、まず事務所の掃除をし、家賃より高い駐車場に行って、一台しかないライトバンを洗車する。雑用の万端までこなすのは彼のマメな性格もあるけれども、一人きりの女子社員が例の辣腕《らつわん》デザイナーで、これが会社にとって宝の持ち腐れであることを社長自身も良く知っているからだ。

朝礼がすむと、あとは一日中、生地屋と工場を回って、夕方からは帳面をつける。ときどき工場の帰りに戸田の競艇場に寄ることは真次も知っているが、バクチで身代を損うような器量人ではないから、まず不安はない。たまに勝つと必ず持って帰ってくるケーキや果物には、祝儀というより、「このぐらいの道楽には目をつむってくれ」という暗意がこめられている。

岡村はもともと、真次が家を出て最初に住みこんだ新聞配達所の、通称「委員長」だった。中央大学の夜間部を長いこと卒業できずにいた文学青年で、結局詩人になれなかったばかりか大学も中退し、やがてわずかな貯えを元手に手さぐりの商売を始めた。

二十年以上の付き合いだから、真次にとっては最も時間を共有した人間ということになる。しかも、共に飯を食ってきたという実感がある。

だからデザイナーのみち子と真次との関係についても知らぬはずはないのだが、説教をするどころかかえって気を遣う。社員に十分なことをしてやれぬ引け目というより、それは岡村の変な礼儀正しさである。どうも、周囲の人間はすべて自分より有能であると決めつけているふしが、この苦労人で如才ない社長にはあるのだった。

「それで、新中野の階段を降りると、また永田町の駅だった、というわけか」

シャッターを半分閉めてから、岡村は腕組みをして唸《うな》った。真次の話すことには嘘がないという彼なりの前提があるので、岡村の表情はむしろ苦渋に満ちている。

「で、おふくろさんには話したのかよ」

「おかげでゆうべは一睡もしてませんよ。眠る気にもなれないけどね」

「休めば良かったじゃないか。電話くれれば」

「なんて理由をつけるんです？　タイムスリップしちゃいましたから、って？」

型紙を片付けながら、みち子がこらえ切れぬように笑い出した。岡村は真顔で言う。

「笑いごとじゃないんだよ、みっちゃん。小沼にとっちゃこれほど切実な話はないんだ」

「あ、誤解ですよ社長。私は疑っているんじゃなくて、小沼さんの言い方がおかしかっただけ」

岡村は不安げに眉《まゆ》をひそめて真次を見た。

「ともかく、明日は休め。きっと疲れてるんだ」

「ほら、疑ってるのは社長の方じゃないの。小沼さんの頭がオーバーワークでどうかなっちゃったって、そう考えてるんでしょう」

と、みち子が言い返す。

「ちがうって。大事件のあとだから休めって、そう言ってるんだ。みるみる白い髭《ひげ》のおじいさんになっちまったら、どうすんだ。ともかく――この話は誰にもするなよ。俺とみっちゃんはおまえのことを信じてるけど、斎藤《さいとう》や山口《やまぐち》が聞いたら、それこそ笑いこけるからな」

みち子はいつまでたっても場ちがいな感じのする高貴な美貌《びぼう》を歪《ゆが》めて、また言い返した。

「斎藤君も山口君も信じますよ。なにしろうちの社員なんだから」

「どういう意味だ、それ」

「だって、会社ごとタイムスリップしているようなものですもの」

みち子は白ペンキで何重にも塗り固められた事務所の天井を見上げて笑った。

地下鉄の振動が、通路に面したガラス窓をかたかたと鳴らした。

たしかに会社ごとタイムスリップしていると、真次は今さらのように思った。二十年前がどういうつてでこの地下鉄ストアの一角に事務所を開いたかは知らない。岡村に、誘われてこの事務所を訪ねたとき、東京にもまだこんな場所が残っていたのかと愕いたものだった。

三年たったら日の当たる場所に出ようと、そのとき言った岡村の公約はいまだに実現されていない。

地下鉄神田駅のホームを人の流れと逆に歩いて、静まり返った階段を昇ると、まったく前時代そのままの地下街がある。いや、「街」と呼ぶのはもう適当ではない。開業当初のままの「地下鉄ストア」が、むき出しのパイプや大きな鋲《びょう》を並べた鉄柱とともに遺《のこ》っているのである。

都電が重要な交通機関だったころには、国鉄に通じる出口よりも、須田町《すだちょう》の停留場につながるこの地下道の方が活気があったと、何軒か残った間借人たちは言う。

盛時には三十数軒も犇《ひし》めいていたという店舗のほとんどは、無意味な空間になっている。

みち子の言葉は言い得て妙だと、真次はほくそ笑んだ。こんな事務所で毎日暮らしているから、昨夜三十年前の町に迷いこんだときも、さほどの違和感を覚えなかったのだろう。ふつうの人間だったらそうと気付いたとたんに腰を抜かしているはずだ。

「まあ、そう言いなさんな。交通至便、冷暖房不要。わが社の営業にはこれにまさる立地条件はない」

自嘲《じちょう》と自慢とをないまぜにして、岡村は笑った。

「社長、また太ったんじゃないの。結婚指輪が指にくいこんでるわ」

そうかな、と岡村はぬいぐるみのような手を見つめる。

立地条件が良いのではなく、立地に合わせて今の商売ができあがったのだ。しかも長い時間をかけて、野生動物の首が長くなったり、鼻が伸びたりするように。たまたま死滅せずに今日に至っているのは、岡村にも自分にも恐竜の野性がなかったからだ、と真次は思った。

真次も斎藤も山口も、郊外の自宅から地下鉄に乗り入れて出勤し、スーツケースを提げて営業に出る。当然のことだが顧客は都内の盛り場に限られているから、商売は毎朝神田駅で買う、乗り放題の「一日乗車券」でこと足りる。交通費はひとり頭、六百五十円。これほど合理的な商売はあるまい。

しかし、おかげでほとんど陽に当たるということがない。地下街の得意先ばかりを回って、とうとうまる一日、その日の天気も知らずに過ごすことも多い。

若い斎藤と山口が、去年の夏グアム島へ行き、たちまち日射病にかかったという話は、聞くにはおかしいが社内では誰も笑う者はいなかった。

「じゃ私、お先に失礼します」

みち子はギャバ地のトレンチコートを着ると、粋にベルトを結んだ。

この地下室の、衝立《ついたて》で間じきりされただけのデザインルームに五年間も閉じこめられて、それでもどことなく業界人らしさを失わないのはたいしたものだ。

真次に軽く目配せをして、みち子は出て行った。小柄な体を水辺の鳥のように見せるハイヒールの音が、静まり返った地下道を遠ざかって行く。

「ええと——あいつら、直帰《ちょっき》だな。何べん言っても電話を入れない」

と、時計を見て、岡村も帰り仕度を始めた。

「みっちゃんも明日は休んでいいよ」

岡村はついそう言い、真次もつい「ええ」と答えた。

「あいつらも良くやってますよ。いくら歩合がつくからと言っても、若い者にはなかなかできる仕事じゃない」

と、真次ははぐらかすように言った。

がらんとした地下道に出る。何軒かの並びの店も、すでにシャッターを降ろしている。どの店も経営者は老人ばかりだから、夜は早い。

「ところで、さっきの話の続きだけどな」

と、岡村はネクタイをゆるめながら言った。

「ふと考えるに、今こうしておまえがここにいる、ということはだ……」

「そうなんです。現実がちっとも変わっていない」

「――だよな。おまえばかりじゃない。おふくろさんは相変わらず団地で題目を上げていて、女房はスーパーのレジを打っている。弟もたぶん、ベンツのうしろで居眠りをしてるんじゃないか？」

きょう一日、真次もずっと考え詰めてきた疑問だった。もし兄の運命が変わって、生き永らえたとしたら、この現実はなにひとつ有りえないのではないか、と。

「もちろん、俺の人生だって変わっているはずだよ」

岡村はタバコをくわえかけて、「いけねえ」と、掌に握りこんだ。

「どうなっていなけりゃいけないんでしょうね」

「そりゃ、おまえ――おやじさんはとっくにおまえら兄弟にクーデターを起こされて、隠居しちまってるさ。別荘かどこかで、おふくろとケンカしながらな。あにきが小沼グループの総帥で、おまえが副社長。弟が専務か」

「そうじゃないと思うよ」

真次は昨晩の兄の言葉を思い出したのだった。

「あにきは物理学者になるのが夢だったから。きっと実現させていると思う」

「ふうん。だとすると――お。社長はおまえじゃないか」

「いくらでも援助しますよ。肌着はぜんぶ御社に発注します」

岡村は高笑いをしてから、ふいに黙った。

「冗談はともかくとして……おい、こういうのはどうだ。あにきは学者になった。おやじの猛反対を押し切って京都大学に行き、そのまま家には戻らずに」

「でも、それだったら俺が変わってるはずだよ」

「だからさ、おまえはおやじとケンカして、やっぱり家を出たんだ。で、やっぱりおふくろと合流してな、あの三軒茶屋のボロアパートに住んで、朝晩新聞配達をしてた、と」

「なんだ、つまらない。それじゃ何ひとつ変わってないじゃないか」

「いいね。それはすばらしい。理想的だ。わが社も今のままだしな。これはちょっと考えられるぞ。だいたい学者なんてのは偏屈だから、あにきは連絡のひとつも入れずに、どこか外国で暮らしているんだ」

いつまでたってもロマンチックな文学青年だと、真次は呆《あき》れた。だが――たしかに理想的かもしれない。

「欲がないね。小沼産業の傘下に入るより、今の方がいいってわけですか」

「ばか」、と岡村は言った。「だったら第一、俺たちが出会っていないじゃないか」

真次はふと、岡村の言った通りの兄の姿を思い描いてみた。

マサチューセッツ工科大学客員教授・小沼昭一。量子物理学の世界的権威で、芝生に囲まれた郊外の白い家には、アメリカ人の妻と二人の子供がいる。四十七歳。音信も途絶えたままの父母のことが、そろそろ気にかかる年頃だ。

アメリカの大都市には必ずある、小沼産業の現地法人か出張所を、ある日ふいと訪ねて、圭三あてに電話を寄こすのではないだろうか。

兄の死んだあの晩の記憶だけが、一族の頭から拭《ぬぐ》い去られていさえすれば、それで何の矛盾も起こらない。

（ねえ、真次！　いまさっき圭ちゃんから連絡があってね、おにいちゃん、帰ってくるって！）

今晩にでも母がそんなことを叫びながら出迎えそうな気がした。

「ああ――俺は、ちょっと飲んで行く」

改札の前まで来て、岡村は思いついたように言った。

「つきあいますよ」

「いや、おまえは帰れ。疲れてるんだから」

言うが早いか、岡村は地下道を引き返して行った。

ちかごろ急にメガネの度が合わなくなった真次は気付かなかったが、階段の途中に人待ち顔で佇《たたず》むみち子を、岡村は見つけたにちがいなかった。

真次を見上げてみち子は微笑んだ。

「社長に、見つかっちゃったよ。そんなところにいるから」

「今さらどうってことないじゃない」

「でも、気を遣ってる。明日は君も休めって」

みち子はうなじで切り揃《そろ》えた短い髪を耳のうしろにかき上げて、溜《た》め息をついた。

「たしかに気をつかってるわね。不器用な人――真次さん、どうする。おうちに帰る？」

渋谷行の地下鉄がホームに入ってきた。この五年間、少しもたがわずに繰り返されてきたやりとりを避けて、二人は階段を駆け降りた。

8

その夜のみち子は無口だった。もともと口数の少ない女だが、中野富士見町のアパートに帰りつくまで、ずっと地下鉄のドアにもたれたまま闇を見つめていた。

「さっきの話だけど――」

と、みち子が口を開いたのは、新宿を過ぎて丸ノ内線の支線に乗り換える、中野坂上駅のホームである。

「あなた、本当は酔っ払って私の家に来ようとしたんじゃないの？」

そうではない、と思う。たしかにこのガランとした乗換駅の次は新中野だが、みち子のことは終始、考えもしなかった。

乗客をぎっしりと詰めこんだ荻窪《おぎくぼ》行の車両は、わずかな乗換客をホームに残して闇に呑まれて行った。

その先は真次にとって禁断の区域である。昨夜の出来事よりも、自分がその区域に立ち入り、戻ってきたということの方が信じられない気がした。

初めてみち子のアパートを訪れたとき、この乗換駅のホームで、真次はあやうい土手の縁に立ったように慄えたものだった。

「そんなことはないな。どんなに酔っ払ったって、この駅を乗り過ごすはずはない」

間を置いて真次は答えた。理由は説明するほど簡単ではない。

真次の頭の中に寸分の誤りもなく張りめぐらされているメトロ・ネットワークには、中野坂上から荻窪に至る路線は存在しない。行くはずはないのだ。

言葉をどう解釈したのか、みち子は満足げに微笑んだ。

真次はふしぎな構造の乗換駅を見渡した。上下線のホームの間に、方南町行きの単線が引きこまれている。それは丸ノ内線が新宿から荻窪まで延伸されたとき、まったくおまけのようにくっついていた支線である。路線図が複雑になった今では目立たないが、開通当初は誰もが奇異に感じたものだ。

その存在理由は、途中駅の中野富士見町に車庫があるからだとも、いずれ京王線の笹塚《ささづか》あたりに延長する計画があるのだとも言われたが、実は終点の方南町の一帯に政治的な圧力を持つ巨大宗教団体の本部があるからだとする説は、いかにももっともらしかった。

だが真次にとっては、新中野駅の直前であやうく回避する路線という以外に、何の意味もありはしない。そこにたまたま女のアパートがあったということは、皮肉である。

旧式の車両がわずかな乗客を乗せて、袋小路のホームに入ってきた。

「私ね、ちょっとびっくりしてるの」

シートに座ると、みち子は少しもそうとは見えぬ顔で言った。

「信じようと信じまいと――いや、信じてくれっていう方がむりかな」

「そうじゃないわ。話の中味じゃなくって、あなたのおとうさんが小沼佐吉《さきち》だなんて知らなかったから」

「あれ？　話してなかったか」

「知らなかったわよ。あなた自分のことって何も話してくれないじゃない」

みち子は組んだ脚の上に肘《ひじ》を置き、不愉快そうに顔をそむけた。

過去を語ろうとしないのは、みち子も同じである。月にほんの一度か二度、いつもこんなふうに落ち合うだけの関係だった。厄介な感情はおせじにもない。いつ途絶してもふしぎはなく、むしろこうして五年も続いていることの方が、ふしぎといえばそうである。

もしかしたら、感情のない分だけたいした興味もないたがいの未知の部分が、二人の関係を保障しているのかもしれない。

「私ね、来週ハッピーバースデーよ」

「ついに大台だな。お祝いしなきゃ」

「ありがと。あまりめでたくもないけどね。来るべきときが来たって感じ。ショックだわ」

女が年齢とともに美しくなって行くということを、真次はみち子によって初めて知らされた。

二十五歳からの一年ごとに、みち子は確実に、ほとんど生理的な発育のように美しくなって行く。所帯ずれせずに身なりをかまっていれば、女とは存外そういうものかもしれない。

「今年は何でしょう。センチュリー・ハイアットのフルコース？　――そろそろ箱根で温泉につかる方がお似合いかもね」

去年の誕生祝いに食事をしたとき、真次が来年はこうしようと言ったことを、みち子はそのまま口にした。

「またプレゼントはお花だけ？」

「それも礼儀のうちさ」

白い掌に顎《あご》をのせたまま振り返って、みち子はくすっと笑った。

五年前に、下着デザイナー募集という三行広告を見てやってきたのは、みち子ひとりきりだった。たぶん他にもいたのだろうが、地下鉄ストアの事務所の前まで来て、みな素通りしてしまったにちがいない。ともかくドアを開けたのは、みち子ひとりきりだった。

履歴書はあまり用をなさぬほど空欄が目立った。中学を卒業して服装学院に学び、ずっと大手のアパレルメーカーにいたという経歴はわずか三行で、趣味も「なし」、特技も「なし」、家族も「なし」、身許保証人の欄すらも空白になっていた。

ただひとつ、一流デザイナーへの登竜門といわれる権威あるコンクールに入賞したという記載があった。

高級既製服《プレタポルテ》のデザインばかりをしてきたのだが、ほんとうは下着《ファンデーション》に興味があるのだと、みち子は応募の動機を語った。

岡村も真次も、どうせ持ちはすまいと思って採用したものが、思いがけぬ拾い物だったということになる。腕がたしかなことはもちろんだが、男たちが興味本位で提案する目を被うばかりの企画も、みち子は職人になりきって再現することができた。そしてそれらは決して彼らを失望させぬほど大胆で猥褻《わいせつ》で、悪魔的なできばえだった。

真次とみち子はその何ヵ月か経った夏の夜、どちらが誘うともなく飲みに行き、さかんに冗談を言い合ったあげく、冗談のようにホテルに入り、そのとたん一言も口を利かずに関係を持った。

思い返してみても、そこにおざなりの欲望があったという記憶はない。なりゆきと言うにしては、あまりに真摯《しんし》だったような気もする。しいて言うなら、今日にまで至る、またこの先いつまで続くかわからぬ乾いた関係を、その夜確信的に成立させたとでも言うべきだろうか。


「あなたのおとうさんって、どんな人？」

中野富士見町の小さな商店街に出ると、みち子は思い出したように訊《たず》ねた。

「世間で言われているとおりの男さ。エゴイストで金の亡者。他人のことはいっさい考えない」

「家族のことも」

「そう。家族も他人もたいしたちがいはない。だから俺は家を出て縁を切った。高校を出たらそうしようと、ずっと思ってたから」

「それで新聞屋に住みこんで、社長と出会ったっていうわけ。なんだか単純ね、それ以上説明することなんて、何もないみたい」

歯に衣着せぬみち子の毒舌には慣れている。社長に対しても社員に対しても、時には来客に対しても、相手が言葉で傷つくということをいっさい考えずに思いついたままを口にする。職人気質と言えばそれまでだが、もし彼女が男だったら、それだけで大人物になるのではなかろうかと、真次は思う。

たしかに単純な人生かもしれない、と思った。

「志望校がその年、学園紛争で入試を中止したんだ。しめた、と思ったな。これで入学金を泣きつかずにすむと思ったから。ところが翌年、あっさり落ちた。お笑いだよ」

「岡村さんが悪い遊びを教えたんだ」

泥川に沿った小道を曲がって、みち子はおかしそうに笑った。

「発表のあとでおふくろに電話したら、すごくがっかりしてた。そのあとおふくろが家を出たのは、俺を大学に行かせるためだな。新聞屋の近くにわざわざ二間つづきのアパートを借りて、いきなり俺を迎えに来たんだ。びっくりした」

「じゃあなんで大学に行かなかったの？」

「戦意喪失だな。俺が家庭をこわしたってことがわかったからね。どう、少し複雑になってきたろう」

「おかあさん、家を出たかいがないじゃない」

「さあ。おふくろはチャンスを窺《うかが》っていたふしもある。遅かれ早かれ家は出たろうから、なにも俺のせいじゃないさ。ただ、俺にとっちゃ重たかったな」

年とともに闘志は薄れ、真次と母はありきたりの日常に埋没して行った。二十歳すぎればただの人という戯《ざ》れ言を、文字通りに実践したことになる。

泥川の土手道には、緩《ゆる》い正確な弧《こ》を描いて街灯が並んでいた。川面からは霧が湧《わ》いており、光はぼんぼりのように淡い。

その淡い灯を、対岸の地下鉄操車場のライトが奪う場所に、みち子のアパートは建っている。部屋を選んだ第一の理由は、操車場のライトのせいで一晩中明るいからだと、いつだったかみち子は言った。

胸に残る言葉だった。みち子の部屋が地下鉄の空洞の中にあるように思え、このふしぎなくらい無趣味の、寡黙《かもく》な女は、一日のすべてを湿った暗渠《あんきょ》の中で過ごしているような気がしたからだった。

みち子は居心地のいい部屋を探し当てたように、ふさわしい男を見つけたのかもしれないと、真次は思った。

金属的なサーチライトが真っ向から差し入るみち子の部屋は、その日常になにひとつ変化のないことを証明するように、いつもきちんと取りかたづけられている。三面鏡の前に置かれた夥《おびただ》しい化粧道具さえ、まるで雛壇《ひなだん》の決まりごとのように整然としている。部屋全体を覆っている温かみと暗さと安息は、たしかに地下鉄のそれだ。

「世間で言われているような人って――息子が言うんだからまちがいないのかもね」

部屋の灯りをつけると、話の発端を思い出したようにみち子は言った。ずっと自問し、反芻《はんすう》し続けていたように、そう言った。

「派手な人生さ。成り上がり、風雲児、一代の起業家――出世していくたびに呼び名だって変わるんだ。脱税を摘発されたり、疑獄事件を起こしたり、そのつどのらりくらりと生き延びてきた。だが今じゃそんなことさえ、世間は忘れている。大成功だね。何をやったって結果が良ければいいっていうお手本みたいな人生だよ」

「やり手であることは確かだわ」

「そうかな。俺はそうは思わない。あれだけの犠牲を払えば、誰だってできることだと思うけど」

「でも結果は、世界のコヌマ・グループ。誰もあなたの言い分を信じてはくれないわ」

コートを脱ぐと、みち子は鏡を開いて化粧を解いた。

「明日、休むだろう？」

「のこのこ出て行ったら、かえっておかしいじゃない。また社長に気をつかわせちゃうし――あなた、それでどうするの？」

「俺は休むさ」

「そうじゃなくって、これからのこと。まさかずっとこのままで――あ、誤解しないでね、私たちのことじゃないわよ」

鏡の中で手を止めて、みち子は真次の表情を窺った。「あなた自身の、これからのこと」

余分なことまでしゃべりすぎた、と真次は思った。しかし昨夜の奇怪な出来事を正確に語るためには、家族の複雑な事情にまで触れなければ、話はどうしてもつながらなかった。

それにしても、弟がいまだに家庭を復元させようと腐心していることとか、父が今さら真次に会いたいと考えていることなどは、たしかに余分だった。もしかしたら岡村はそのことを気に病んだかもしれない。

「俺は、今のままがいいさ」

コールドクリームで瞼《まぶた》を拭《ぬぐ》うと、別人のようなみち子の童顔が現われた。一重瞼《ひとえまぶた》の人形のような顔立ちが、真次は好きだった。

「私は、良くないと思うけど」

「どうして？」

「おとうさんもおかあさんも、あなたの奥さんも子供も、それでいいとは思ってないわ。弟さんだって――」

「あいつも四十だ。もう迷っている齢じゃないさ」

真次は背広とネクタイをベッドの上に投げた。仰向けに倒れて目を上げると、操車場の真っ白な光の奥に、新都心の摩天楼が聳《そび》え立っていた。

瞼を閉じると、目まいのするような眠気が襲ってきた。

「あなた、自分がおとうさんに似てるって――小沼佐吉に似てると思ったこと、ないの？」

「知ったようなこと、いうなよ」

みち子は気色ばんで振り返った。眠気に焦立って、真次はさらに言った。

「俺はこの通り、家庭を捨てることだってできやしないんだ」

「バレないだけじゃない。心の中では捨ててる。奥さんや子供たちばかりじゃなくって、私のことも」

みち子がそんな言い方をしたのは初めてである。べつだん思い余って言ったふうはなく、さらりと言ってのけたことが、かえってそう確信しているようで、真次は愕いた。

「もちろん薄情なことが悪いとは言わないわ。私はその方が助かるし、それもまた男の値打ちかもしれないし。でもたぶん、あなたは小沼佐吉に似ている。弟さんは優柔不断で、きっとおかあさんゆずりの性格なんだと思うわ。あなたよりもずっと苦労してるはずよ」

「おやじとも、おやじの後添いともうまくいかなくて、女房は里に帰ったままなんだ。子供三人置いてかれて、あいつはひどい苦労をしている」

「それだって、おさまりの悪い場所にいるからよ。あなたにも責任があるわ」

真次は怒りにかられて、仰向いた首を捻《ね》じ起こした。口にすまいと思うそばから、考えたままを言った。

「俺はおやじのように薄情な男じゃない。女房も子供も愛している」

「私のことは？」

みち子もたぶん、言ってはならないことを言った。二人はしばらくの間、言葉を取り返そうとでもするように鏡の中で見つめ合った。

みち子はやがて、スツールの上で空気の抜けるようにうなだれた。

「ごめんなさい。私、やきもちやいてる」

答えられずにいる真次を、みち子は悲しい目で見た。

「奥さんに、じゃなくって。あなたに――」

「意味が、わからないね」

「私、身寄りがないから。母が死んで独りぼっちになって、前の会社でも男の人とごたごたしたりして……」

言いよどんで、みち子は顔をもたげた。箪笥《たんす》の上には真っ白なレースのクロスが敷かれ、飴《あめ》色に灼《や》けた母の位牌《いはい》が置いてあった。

「あんまり聞きたくないね」

「プロポーズされたんだけど、先方がいい家で、いろいろと調べられたりして。だから、逃げ出しちゃった」

「――なにも逃げ出すことはないだろう。それとも調べられて困るようなことでもあるのか？」

みち子は黙っていた。

「やめとけ、そんな男。やっぱり逃げ出して正解だ」

「いい人だったんだけど――」

小さな体をいつもふしぎなくらい大きく見せているみち子の凜《りん》と張った背が、あるべき形に萎《な》えていくさまを、真次は黙って見つめるしかなかった。みち子の口から過去があばき出されることは、たまらなく恐ろしかった。

「だからね、あなたにやきもちを焼いたの。あなた、忘れられていないんだもの、誰からも」

じきに奮い起たせるような咳払《せきばら》いをひとつして、みち子は背を伸ばした。童女のような笑顔を真次の膝にゆだねると、みち子はぼんやりと呟いた。

「デザイナー学校でね、あなたのおとうさんの伝記が夏休みの宿題に出たのよ。感想文を書けって」

「もうやめよう、おやじのことは。考えただけで腹が立つ」

「業界の英雄だもの」

「あれはな、金さえ出せばどんなことでも書くような器用な物書きに書かせたんだ。

ちょうどあの政界スキャンダルの真っ最中だろう。きっと服装学院にまで手を回して、姑息《こそく》なやつだよ」

「読んだ？」

「読むわけないだろう。うそっぱちの苦労話さ。終戦のどさくさに一旗あげて、梁山泊《りようざんぱく》みたいに手下が集まってくる。そんなはずはないさ、あいつは人を蹴落《けお》としてのし上がってきたんだ。手下はみんな、金についてきたイエスマンばかりで――」

「やっぱり読んでるんじゃないの」

ブラウスのボタンを外しながら、みち子はかじかんだ手を石油ストーブの火に晒《さら》した。窓から差し入るサーチライトがくっきりと影を作るほど、白い細やかな肌だった。

革のスカートを灰色の床に脱ぎ落として、みち子は風呂を洗いに立った。

「私には、まんざら嘘とは思えないけど。ねえ、真次さん、ほんとうのこと見てみたいね。どこかに出口がないかしら、四十八年前の」

答えを待つように水音が止まり、やがてみち子はぽつんと、ほんとうはそのことだけを言いたかったのだとでもいうように、小声で言った。

「抱いてね」

その夜、真次は悪い夢を見た。いや、それはおそらく、夢ではない——。

9

凍えるほどの寒い晩だが、空気はじっとりと湿っている。

足元がぬかるんでいるのは雨上がりなのだろうか。闇の中を大勢の人々の蠢《うごめ》く気配がする。

すれちがう誰もが饐《す》えた体臭を放っており、顔をそむけると、機関車の油煙の匂いが鼻をついた。

群衆は全く無目的に歩いているように見えるが、その表情は愕くほど似通っている。彼らを同じ顔にさせているものはたぶん、飢えだろう。

ここは、どこだ。

見知らぬ国の見知らぬ町の、飢えと寒さに被いつくされた市場。

がまんのならぬ異臭にハンカチで鼻をおさえながら、真次はようやく闇に慣れてきた目を凝《こ》らした。

ぬかるみの上には、まるでそうすることが彼らの習性であるかのように、疲れた男たちがしゃがみこんでいる。群衆は瀬の岩のようにうずくまる彼らを避けて流れて行く。いったん座りこんでしまった男たちは、長いこと動かない。

「――明日の一番でね、山梨あたりまでのしてみようと思ってるんですが。どうも近場じゃ足元を見られちゃって……」

汚れた木綿のワイシャツにネクタイをしめた身なりはサラリーマンふうだが、背中には頭陀《ずだ》袋のようなリュックサックを背負っている。話しかけられた男は、かたわらに立つ真次を珍しげに見上げながら答えた。

「あたしの所はね、欠配が今日で十三日目。買出し休暇を貰《もら》ったんですけど、やれやれ、汽車に乗るのも億劫だ」

鳥打帽の中の顔はげっそりと痩《や》せていた。リュックサックの男が励ますように言った。

「配給なんてものを今さらアテにしていたら飢え死にしちまいますよ。どうです、あす山梨あたりまで」

「元気がありますなあ。あたしゃもう歩きくたびれて……だって愕くじゃありませんか、メリケン粉が一貫目で百三十五円。あたしの給料が六百五十円ですよ」

「百三十五円！　――なんだか毎日値が上がりますな。ええと、公定価格ですと……」

烏打帽の男は自嘲的に笑った。

「公定価格か。まさに死語ですね。ええと、たしか二円かそこいらでしょう」

「ということは、ざっと七十倍。いくら稼いだって追いつくわけはありませんな。おたがい疲れるはずです」

「ちょっと東口でも覗いてみますか」

「そうですね」

意見が一致してからも、男たちは力が抜けたようにしばらく立ち上がらなかった。

真次はわずかに昏《く》れ残る夜空を見上げた。そこが新宿駅だと気付いたのは、子供のころに見た夕映えの記憶が甦ったからだった。

西口にかつてビルらしいビルはなく、新都心のあたりをそっくり領していた淀橋《よどばし》浄水場の上には、大きな空が豁《ひら》けていた。

男たちは両切タバコを指の焼けるほど短くつまんで、愛おしげに喫っていた。それを喫いおえたら腰を上げよう、ということであるらしい。

身なりはうらぶれているが、言葉づかいには良識が感じられた。真次は身をかがめて、二人にタバコを勧めた。

「よろしかったら、どうぞ」

男たちはきょとんと真次を見上げて、差し出されたタバコを行儀よく一本ずつ取った。タバコを貰ういわれはないが、そんなことはどうでも良いらしい。

「ちょっとお伺いしたいんですが、ここは新宿西口ですよね」

マイルドセブンのフィルターを街灯の光に透かしながら、リュックサックの男が答えた。

「はい、そうですけど……」

ライターの火を向けると、男たちは仰天したようにいちど身を引いた。

鳥打帽の男は旨そうに煙を吐き出して、吸い口に目を凝らした。

「一本に一個、吸い口がついている。ずいぶん贅沢《ぜいたく》なものだなあ」

「軽いね。味がない――いや、貰っておいてこんなこと言うのもなんだが」

と、リュックサックの男は怪訝《けげん》そうに真次を見上げた。思いついたように、男たちは立ち上がった。それ以上の関わり合いを避けるふうだった。

「べつに怪しい者じゃないんですが、あの――」

呼び止める間もなく、男たちは逃げるように人ごみに紛れてしまった。

だがともかく、この場所が悪い時代の新宿駅西口だということだけははっきりした。

駅の周囲には露店が軒を並べている。人々は乗降客というわけではなく、その露店に群らがっているのだと、真次は初めて知った。

人の流れに沿って進むと、建てこんだ路地の先に見覚えのある地下道の入口があった。西口と東口をつなぐ、あの古い地下道だ。どうやら人の波は、西口の闇市から東口のそれに向かって流れているようである。

路上にも地下道にも、ぼんやりとしゃがみこんでいる人々が絶えない。明らかに浮浪者と思える者も多いが、どの姿もたいしたちがいはなかった。

東口の空には満月が昇っていた。雨上がりの雲居《くもい》がちょうど窓のように月光を束ね、あたりを薄青く染めている。

地下道を出ると、人の波は湾《いりうみ》に入ったように三方に散った。風のかげんだろうか、異臭も少しは和《やわ》らいでいた。

車寄せを持った石造りの駅舎にはかすかに見覚えがある。焦げ跡の残る都電がステップにまで乗客を満載し、青い火花を散らしながら走り去って行った。駅前のロータリーを抜けるとき、あやうい感じでカーブを切ったその窓にはガラスがなかった。凩にはためく筵《むしろ》の中に、苦渋に満ちた人々の顔が並んでいた。

焼け焦げたままシャッターを鎖《とざ》しているのは、アルタ――ではない、二幸《にこう》のビルだ。

その先は茫々《ぼうぼう》たる焼け跡で、道路の右側には高野と中村屋、左手の奥には伊勢丹の大きな影が、着底した軍艦のように佇んでいた。

駅前に光のかたまりがある。喧噪《けんそう》が湧き立っている。そこが男たちの言っていた、東口の闇市にちがいない。

再び歩き出したとたん、間近の暗がりから呼び止められた。

「おじさん、靴底がはがれてるよ」

薄汚れた少年が何人も、地べたに胡座《あぐら》をかいて靴磨きの店を開いていた。

「え？　そうか」

確かめる間もなく、少年の手は追い剝《は》ぎのように片方の靴を脱がせていた。

「すげえや、この靴ピカピカのゴム底だ」

隣の少年が真次を見上げて囁いた。

「やばいんじゃねえか。米兵《へいたい》じゃねえのかよ」

「かまうもんか」

少年は力ずくで靴底を引き剝がすと、適当な革型を貼《は》りつけ、釘《くぎ》を打った。手付きはあざやかだが、それはどう見ても健全な靴をぶちこわして、法外な修理代を要求しようとしているとしか思えなかった。

案の定、少年は掌を内股に当て、ぐいと肘を突き出して凄《すご》んだ。

「さあ直った。おっさん、三十円出せや」

真次はポケットを探った。三十円ならお安い御用だが、果たして十円銅貨はこの時代にあったのだろうか。

少年は手渡された十円玉を光に透かした。

「なんだ、これァ……」

左右の少年たちも珍しげに覗きこむ。

「ほら、やばいぜ。やっぱり二世だよ、こいつ」

ひとりが闇に向かって指を鳴らすと、二人の男が肩を怒らせて現われた。真次はすっかり履きごこちの悪くなった靴をつっかけたまま、暗がりに連れこまれた。

振り向くと、シューシャイン・ボーイたちは、元通りの笑顔に戻って獲物を呼んでいる。駅前の雑踏のただなかにそんな罠《わな》がしかけられていることに、真次は脅えるよりむしろ愕いた。呼ばれた通行人が真次のように立ち止まろうとしないのは、彼らの手口がすでに知られているからにちがいない。

「おっさん、いいなりしてるな。まあ無体は言わねえ、ちょっと話そうや」

真次の肩に手を回した男は、襟に毛のついた飛行服を着、やはり内側に毛のついた飛行帽の耳だれを横にはね上げていた。もう片方の腕を摑んだ小男は素足に下駄をはき、上衣も七分袖《そで》の夏衣だった。

「文句があるなら、交番へ行こう」

真次が言うと、男たちは顔を見合わせて笑った。

「おっさんな、交番の目の前があの通りご禁制の物資の山なんだぜ。巡査が何をしてくれるってんだい——ま、肋骨《ろっこつ》の二、三本もへし折られて、血だらけで転がりこむんなら話は別だがよ」

口で言うほど威迫的でないのは、男たちの貧相な体格のせいだろう。いくら凄まれても、たちの悪い酔っ払いにからまれている程度にしか感じられなかった。

ひっきりなしに行き交う人々は、悶着《もんちゃく》に気付きながらも知らん顔で通り過ぎて行く。むしろそうした無関心さの方が、真次にとっては不気味に感じられた。

「君らは、こうして罪もない人から金を巻き上げているのか」

男たちの若さに気付いて、真次は諭すように言った。

「なんだと。ずいぶんごたいそうな口をききやがるな。てめえ、役人か？　牧師か？　それとも降参した将校かよ。どっちにしろ今さらてめえらなんぞに説教される覚えはねえ。黙って金を出せ」

凄み方が軽薄に感じられるのは、きょうびの暴走族とたいしたちがいはないが、生きるためにそうしているのだという切実さがある。真次はまだ二十歳前に見える男の顔を、まじまじと見つめた。

「俺ァよ、特攻隊で三度も死に損なったんだ。怖えものなんかなにもねえんだよ。やるか、おう」

「君の言っていることは良くわからん。金を払う理由はない」

「靴の裏、張ったろうが。おめえが悪いんだ。こうなったのは、みんなおめえのせいだ」

何という乱暴な論理だろうと真次は呆れた。奪う側は悪くない、奪われる方が悪いのだと、男は当然のように言うのである。

「わかったよ。いくら欲しいんだ、五千円か、一万円か、あんまり大金は持ってないぞ」

面倒くさくなって、真次は札入れを取り出した。

「へへっ、一万円とはずいぶんお高く出やがった。出せるもんなら出してみろ、この場で土下座してやらあ」

真次の落ち着きように、男たちは少しひるんでいる。その姑息《こそく》さが腹立たしく思えて、真次は飛行服の胸に札入れを押しつけた。と、男はふいに気弱な顔になった。

「俺たちゃ泥棒じゃねえからな。おめえがおっつけたんだからな。あとで文句言うなよ」

「泥棒じゃないか。それで気が済んだろう」

男たちは札入れを覗きこんで、一万円札を抜き出した。

「あにき、これ、一万円って書いてある……」

「おもちゃにゃ見えねえなあ」

「軍票じゃねえのか。やばいよ、おっさん兵隊だ」

男たちは上目づかいに真次を見上げた。

「カードは返してくれ。再発行するのは面倒だし、君らが持っていても役には立つまい」

飛行服の男は、「これかよ」と呟きながらクレジットカードを手にした。

「ええと、アメリカ……アメリカン・エキスプレス! まいったな、やっぱり兵隊だ。キャンプの通行証だろ、これあ」

「だからやめとけって言ったじゃねえか」

夏服の男はそう言ったなり身を翻《ひるがえ》して人ごみに紛れた。真次は飛行服の袖を摑んだ。

「君に訊ねたいことがある」

脅かしたつもりはなかったが、男は顔を歪めて泣きを入れた。

「堪忍《かんにん》して下さいよ、旦那《だんな》――死に損ねて復員してみたら、親も兄弟も三月十日の空襲で焼け死んじまって。あのガキは末の弟なんです。こんなふうにアコギな真似をするしか、食ってく方法がねえもんで」

表情から毒が失われると、男の顔はさらに若く見えた。靴磨きの弟とさして変わらぬ、せいぜい十六、七の少年だ。若者から夢と快楽を奪い尽くしてしまえば、こんなふうに年齢すらもわからなくなるのだと、真次は思った。

「どうした、予科練」

ふいに背後の屋台の簀《よしず》が開かれて、竹串《ぐし》を奥歯に咬《か》んだ男が顔を出した。

「ああ、アムールのにいさん――」

助かった、というふうに飛行服の少年は眉を開いた。

のそりと真次の前に現われた男はコートの襟を立て、厚い毛糸のマフラーを巻いている。齢は若いが、その身なりからもいっぱしの兄貴分に見えた。ひょろりと背が高く、浅黒い顔の目ばかりが鋭く輝いている。

予科練が耳打ちをすると、若者はひとつ肯《うなず》き、急に如才ない笑顔を真次に向けた。

「こいつはどうも。若い者がとんだ粗相《そそう》をしちまって――」

若者は予科練の手に小遣いを握らせ、逃げろというふうに背中を押した。靴磨きの少年たちもいつの間にか消えていた。

「いや、べつにどうということはない。ちょっと腹が立ったからね」

札入れをポケットにしまいながら、真次はそれ以上の関わりを避けて歩き出した。

「待って下さいよ、旦那。私ゃこのあたりの食いつめを面倒みてる者で、アムールって言います」

「アムール？　――ずいぶんしゃれた名前だね」

男はソフト帽のてっぺんをつまみ上げて、ちょこんと頭を下げた。

「ちっともしゃれちゃいません。つい半年前にね、満州から命からがら復員したんです。国境の黒龍江《アムール》からロスケの戦車に追われて逃げてきたんですけど、殺されもせず抑留もされずに帰ってきたなんて嘘みてえだから、みんなが黒龍江って呼ぶんで。

——嘘じゃないんですよ、旦那。俺ァ運が強くって」

誇らしげにアムールは言った。おそらく運が強いということは、この時代に誇るべき能力のひとつなのだろう。

「どちらのキャンプの方です？　兵隊さんにゃ見えないけど、文官《シビリアン》ですか、通訳ですか？」

「いや、そういう者ではありませんよ」

「だって、通行証をお持ちだったって」

「誤解ですよ。べつに気にしてませんから、じゃあ」

闇市の光をめざして歩きだすと、アムールは早足で追いすがってきた。

「それじゃ俺の気が済みません。どうです、若い者の罪ほろぼしに、そこいらで一杯」

「ちょっと人を捜しているんだ。急ぐから」

「なんだ、人捜しだったらひとこと言って下さいな。ねえ、どなたをお捜しなんです？」

右に左にとまとわりつきながら、アムールはしきりに愛想を振りまいた。真次を進駐軍の関係者だと勘ちがいして、わたりをつけておこうという肚《はら》づもりなのだろう。

東口の駅前の、焼け残った聚落《じゅらく》のビルを中心にして、無数の露店が建っている。それらは模型のように整然と、簀《す》と筵《むしろ》とで区画されていた。広場の中央の角柱に書かれた、「正しい交通怪我はなし」という標語は、いささか陳腐である。

「ここが東口のマーケットかね」

「ええ。正面の一帯が尾津組の縄張りで、右の奥の方が和田組。ねえ旦那――その尋ね人って、恨みのある人ですかい、恩のある人ですかい」

「――両方、だな。いや、恩はないか」

父の名を口に出しかけて、真次は言葉を呑んだ。これが夢であると気付いたのだった。寝入る前にみち子の言ったたわごとが、自分にこんな夢を見させている。

ふとアムールは、訝《いぶか》しげな顔で真次を見た。

「恨みごとなんて、よしましょうよ旦那。肉親を捜したってそうそう見つかりゃしねえんだから。恨みごとなんぞ忘れて、先のこと考えましょう」

親子ほども齢のちがう真次を諭すように、アムールはそう言った。

根は悪い人間ではなさそうだが、下心があることは明らかだった。如才なくふるまっているしぐさは、いかにも悪い話を持ちかけるための布石に思える。予科練に耳打ちされたとき、一瞬不穏に輝いたアムールの目を、真次は忘れなかった。

闇市は熱気に満ちていた。店々を覗きながらゆっくりと移動して行く群衆と、それを呼びこもうとする屋台のかけ声は、たとえば年末の河岸《かし》の賑《にぎ》わいのようでもあるが、一番ちがうところはどちらの側にも生活を背負った切迫感があることだった。

「びっくりするね。すごい世の中だ」

「PXとはえらいちがいでしょう。物がねえのなんのと言ったって、ここに来さえすりゃ何だって手に入るんです――ええと、旦那は二世ですか。そうだよね、で、お里帰りして、お忍びで親類かどなたかを捜してらっしゃる、と。どうです、図星でしょう」

「そんなふうに見えるかい」

「だって、なりが垢抜《あかぬ》けてるもの。その外套《がいとう》ひとつにしたって、そんな上等なフラノのもの、きょうびの雇われが着られるもんかね」

簀張りの角店に長い行列があった。大鍋《なべ》の中に正体不明の雑炊が煮《に》えたぎっており、「肉鍋一杯六円」という木札が下がっている。

「食いますか？　なんなら持ってきますけど、旦那のお口にゃ合わんでしょう」

「いや、遠慮しておく。いったい何だろうね、すごい匂いだが」

アムールはにたりと笑って、真次の耳元に囁きかけた。

「あれァね、進駐軍の残飯なんで。旦那方の食い残したものを、ブタの餌だって言って払い下げてくるんですよ。味は上手についてます」

「残飯！」

「ときどきチューインガムなんか入ってましてね。だが栄養は満点。味も悪くない。パンの耳と野菜と豆と、肉の足らねえ分はそこいらの犬や猫を入れちまうんです」

異臭を嗅《か》ぎながら、真次は胸が悪くなった。

「あの人たちは、知ってるのか」

「あたりまえですよ、ひとめ見ただけで見当はつきまさあね。そりゃ、誰にだって人間の気位がありますから、残飯をあさったり、犬や猫を取って食うことはしたくねえ。でも、肉鍋だと言って売ってるんだから、堂々と食えるでしょう」

「わからんね。あっちの鰯《いわし》だとか、うどんだとか、お好み焼だとか、まともな食い物は人気がないのに」

「理由は簡単ですよ、旦那。つまり、滋養になるから」

「ジヨウ――？」

「そう、少しでも体力をつけて、この冬を越さにゃならんでしょう。旦那方は知らねえだろうけど、日に何十人も飢え死にしてるんですよ。このまま行きゃ、日本中で一千万人が餓死するって噂《うわさ》です――わかるわけねえよな」

一瞬、アムールが恨みがましい目を向けたような気がした。

露店は際限なく続いていた。奥まるほどに整然とした区画は失われ、迷路のように入り組んでくる。涯《はて》もない焼跡の上に、人々の需要に応じて増殖した闇市だった。

群衆は複雑な路地に散らばるのか、引き返すのか、次第に減ってきた。それにつれて露店に並ぶ品物もいよいよ怪しげに見えてくる。

「そこの角を曲がったところで飲み屋をやってますんで。どうです、一杯」

闇市がとぎれ、焼け枯れた柳の街路樹が並ぶ暗みをアムールは指さした。

「ありゃりゃ」、とお道化《どけ》た声を出して、アムールは真次の腕を摑んだ。行く手の路上に幌《ほろ》をかけたトラックが一台止まっている。怒号と金切声が、がらんどうに焼けたビルにこだまし、懐中電灯の光が蛍《ほたる》のように闇を舞っていた。

「君の店か？」

「いや、俺んちはこっちの奥。パンスケの刈りこみです。ここいらは溜まり場だから」

夜の女たちが巡査に引きたてられて、トラックの荷台に押しこまれて行く。あちこちの路地から連れ出されてくるその人数の多さに真次は啞然《あぜん》とした。

「店は大丈夫なの？」

「俺はそんなヘマしませんよ。摑ませるものはちゃんと摑ませてあるし、第一パンパン刈りのついでにカストリの摘発をするほど、やつらだってヒマじゃありません」

「あ、殴ったぞ。ずいぶん乱暴だな」

「米兵のいないここいらに立つやつらは、パンパンの中でも下の下ですからね。扱いだってちがうんです。でも、あれだっておたがい商売のうちですやね。家出娘だけは親元に帰されるけど、たいがいは一晩ブタバコに放りこまれて、明日の今ごろにゃ知らん顔でそこらに立ってまさあ。員数あわせみてえなもんです」

「員数、って？」

「――ああ、日本の軍隊は知らないんですね。つまり、数だけ合わせるいいかげんな仕事ってことです。さ、行きましょう」

そのとき、数珠《じゅず》つなぎになって路地からせき立てられてきた女たちの中に、まったく思いがけぬ顔を見つけて、真次はあっと声を上げた。

「真次さん、助けて！」

みち子だ――。

真次は混乱した頭の中で、やはりこれは夢なのだと思った。みち子は両手首をくられたまま巡査ともみ合い、列を乱された女たちは口汚なくみち子を罵《ののし》っている。

「おい、待ってくれ！　ちょっと待て！」

真次の腕を引き寄せて、アムールはチェッと舌打ちをした。

詰襟の制服に棍棒《こんぼう》を握った巡査が駆け寄ってきた。

「やめてくれよ旦那。まずいよ」

アムールはやれやれというふうに溜め息をつき、巡査の前に立ちはだかった。

「おい！　おまえ客か。こっち来い」

巡査は懐中電灯を真次の顔に向けた。

「まったくしょうがねえなあ……」

と、アムールは光の中に顔を突き入れた。

「なんだ、アムールのあにきじゃねえか――おまえ、まさかポン引きでもやってたんじゃねえだろうな」

「そこまで不自由しちゃいませんよ。この人は俺の知り合いです。まあそう堅いことは言わず」

と、アムールは親しげに巡査の肩をだいて物陰に身を寄せると、いつの間に用意したものか何枚かの札を握らせた。

慣れた手付きで賂《まいな》いをポケットにしまうと、巡査はアムールを突き放して真次に言った。

「女の名は？」

「軽部《かるべ》です。軽部みち子、二十九歳。なにかのまちがいです。身許は私が保証します」

メモを取りながら、巡査は真次の身なりを訝しげに見渡した。

「二十九？　年増ですな。だがちょいと好い女だ。ここいらじゃ見かけない顔だね。ところで、あんたは？」

口ごもる真次の横あいから、アムールが巡査に囁いた。「進駐軍の――」、と言ったとたん、巡査の表情は改まった。

「あ、ああ、そうですか。しかしごらんの通りですから、本官の裁量では何ともなりません。ご面倒でものちほど――おい、アムールおまえが来い。こちらが身柄引受《ガラウケ》に来たんじゃ話がややこしくなる」

巡査は軽く敬礼をして走り去った。女たちを満載したトラックは、大仰にクラクションを鳴らしながら行ってしまった。

「なんだよ旦那。すみに置けねえなあ、尋ね人って、あれかい」

「いや、そうじゃないんだが――すまんな、迷惑をかけちゃって」

「そんなことは構わねえけど。でもよ、いらぬせっかいかもしれねえが、旦那はあんまりここいらをうろうろしない方がいいな。みてくれは日本人なんだから、いいことねえよ」

アムールはひとしきり身を慄わせると、路地の奥に向かって歩き出した。

崩れた煉瓦《れんが》塀《べい》に寄りかかるようにして、廃材で作ったバラックが並んでいる。その中でもいくらかましに見える二階家の前でアムールは立ち止まり、親指を立てて笑った。

「ここが俺の店です。どうです、けっこうなものでしょう」

たてつけの悪い引戸を開けると、酒いきれが匂った。土間の豆電球の下に、林檎《りんご》箱や石油缶や雑多なガラクタが、堆《うずたか》く積み上げられている。奥に立てかけられたトタン板のすき間から、灯りがこぼれていた。

「誰だい」、としわがれた男の声がした。

「俺だ、俺。お客さんだよお」

トタン板を引きはがすと、小さなカウンターの酒場であった。

「会員制のクラブだね、まるで」

「へっ、うまいこと言うね。いちおうご禁制の酒を飲ませてるから、会員制っていやあ確かにそうです」

人相の悪い中年の男が、カウンターの中から真次を睨んだ。止まり木にはＧＩキャップを冠《かぶ》った米兵がのそりと座っており、その肩に悲惨な感じのする厚化粧の娘が寄り添っている。

「刈りこみだってよ。まったくおけいはツイてるな」

真次に席を勧めながらアムールが言うと、米兵と女はハッと顔を起こした。

「安心しな、もう行っちまったよ」

カウンターの上に提げられた裸電球にはブリキの傘がかかっている。壁にはぎっしりとサイダー瓶《びん》が並んでいた。

「へえ。ハチ公もおけいも、今さっき来たところでよ。それじゃ間一髪だったな」

と、人相の悪いバーテンダーは鼻で笑った。ハチ公と呼ばれた米兵はおどおどと微笑みながら、見馴れぬ真次の顔を窺っている。

「旦那、おおかたの察しはつくだろうけど、この兵隊のことは見なかったことにしておくれよ。おけいはともかく、ハチ公は見つかったら最後、良くて沖縄で重労働、へたすりゃ銃殺なんだ——おい、虎の子を出してくれや」

バーテンダーが新聞紙に包まれた酒瓶を取り出した。まさに虎の子の、白ラベルだった。

アムールは自分を駐留軍の関係者だと誤解して、接待しようとしている。真次はあわててバーテンダーの手を制した。

「いや、俺はそっちのでいいよ。金も持っていないし」

「遠慮するなよ旦那。ほんのおわびのしるしなんだから」

アムールがそう言ってもバーテンダーが開封をためらっているのは、サントリーのホワイトがよほど貴重なものだからだろう。

「いや、そっちでいいって。それが好きなんだ」

真次は壁に並んだサイダー瓶を指さした。

バーテンダーはコルク栓を抜いて、ぶ厚いコップに酒を注いだ。むせ返るようなアルコール臭が立ち昇った。

「大丈夫かい、旦那。強いぞ」

「下世話な酒が好きでね。これの方が口に合うんだ」

「ま、どうでもいいや。ともかく若い者が迷惑かけちまった。グッといって下さいよ」

　ひとくち飲んで、口の中にはじけ返るような強さに愕いた。味はない。いや、味はわからない、と言うべきか。そのくせ喉《のど》を転がり落ちるような、ふしぎな滑らかさがある。

「どうです。お口には合わんでしょう」

　バーテンダーが心配そうに訊ねた。

「酒というより、アルコールそのものだな。でも、悪くない」

　欠けた皿にスルメが盛られた。悪い匂いの中を歩きつめてきたせいか、ひどく喉が渇いていた。一息にコップを呷《あお》ると、バーテンダーはすぐになみなみと酒を注いだ。

「いけるじゃないの。だが気をつけねえと、すぐに利く酒だから」

　言いながらアムールは、白ラベルの封を切ってちびりちびりと飲み始めた。

「あのねえ、旦那。物は相談なんだが、ドルか軍票をお持ちだったら、とっかえて貰えないですかね。ごらんの通り、堅い人間だし、なにしろ脱走兵だって気持ちよくかくまってるぐらいなんだから。ねえ、頼みますよ」

　おいでなすった、と真次は思った。インフレですっかり価値の下がった円に比べ、ドルは貴重なのだろう。

「だから、さっきから言ってるように、君の得になることは何もできないんだよ。困ったな」

「またまた。さっき予科練が、手の切れるような軍票を見せられたって。ねえ旦那、あいつらにとっちゃ豚に真珠だけれど、俺は有意義に使わせてもらいますから。ね、いいでしょう。値段はそっちが差して下さいな」

話を雑談にかわしながら三杯目を口にしたとき、かつて経験したことのない強烈な酔いが襲ってきた。ぐらりと気の遠くなるような、突然の酔いである。

「ハチ公って、面白いネーミングだね」

「渋谷でうろうろしてるところをね、拾ってきたんです」

「なるほど。それでハチ公か」

「それもそうだけど、何たって俺に忠義だから。せんに俺が巡査をぶん殴ってパクられたときにも、三日三晩メシも食わずに鬼子母神の縁の下で待ってやがった。アムールパパさん、帰ってきてよおって、鼻鳴らしてね。可愛いもんだ」

真次は聞きながらカウンターの縁を摑んで身を支えた。

「まいったな。たしかに利いた」

「どうやら長期戦だね、旦那。ここの二階は俺のヤサだから、何なら泊まっていきゃいい。さっきのミチコって女も、あとでちゃんと貰い下げてくるからよ」

笑いかけるアムールの顔が歪んだ。三杯目の酒を飲み干したとたん、真次は椅子ごと仰のけに倒れた。遠い耳にあわただしい声が聴こえた。

「うわ、早えなあ。おい、水が足らねえんじゃねえのか、死んじまったらヤバいぞ」

「たいそうなこといって、慣れてねえんですよ。バクダンを初めて飲んで、それも駆けつけ三杯じゃ誰だってぶっ倒れる」

バクダン？――やられた、と真次は思った。話には聞いたことのある、航空用メチルアルコールの水割りだ。

立ち上がろうにも腰が抜けていた。首を壁にもたせかけたまま、真次は土間の上に手足ばかりをもがいた。

「これじゃ話にならねえよ、アムール。どうする？」

「しょうがねえな。こんなに利いちまうとは思わねえもの」

「誰なの、これ」

「通訳の二世だってよ。軍票と通行証をちらつかせて、予科練を脅かしてたんだ。やれやれ、こうなりゃ仕方ねえ」

アムールの手が真次のポケットを探った。人々の影が不安げに覗きこんでいた。

「ヤバくねえかい」

「ふん、知るか。勝手に酔っ払ってんだから。万一挙げられたってよ、証拠も何もあるめえ――あれ、この野郎なにも持ってねえ。これだってどう見ても軍票じゃねえもんな。おもちゃか。福沢諭吉だって、笑わせんな」

「GIカードは？」

「ねえよ。これァ何だ。アメリカン……わからねえな。同じみたいなのが何枚もある。さくら銀行、だって。ハッハッ、こりゃメンコだろう」

アムールは何も奪おうとはせずに、札入れをポケットに戻した。それから少し考えるふうをして、急に少年のような口調で真次の目を覗きこむのだった。

「なあ、頼むよ。GIカードかドル。ちゃんと金は払うから、譲ってくれよ」

「……ないよ、そんなもの……なんて乱暴なやつだ……」

もつれる舌で、真次はようやく言った。

「まったくよお、こっちは紳士的に商談しようと思ってんのに、みなまで聞かずにぶっ倒れちまったんじゃ――しょうがねえ、二階で寝かせるか」

アムールに首を抱えられたまま、真次は気を失った。

10

真次が長く怖ろしい眠りから覚めたのは、冬の夜がほのかな藤《ふじ》色に染まりかけた未明である。

瞼《まぶた》が開かない。

叫び声を上げながらみち子を揺り起こした。

やはり悪い夢を見ていたのだろうか、しばらくうなされてから、みち子ははね起きた。

「たいへんだ、目があかない。メチルで潰《つぶ》れた」

息をはずませながら、みち子はしばらくぼんやりとしていた。

「目が潰れたって……うわあ、ひどいわ」

瞼はにかわで貼《は》り合わせたように、厚い目やにで鎖されていた。濡《ぬ》れタオルで拭《ぬぐ》い、指で押し開くと、袋を裂いたように黄色く濁った涙が溢《あふ》れ出た。視界が開いた。

「どうしたの、これ。メチルって、なに？」

「わからない。夢の中ですごく強い酒を飲まされて――バクダンっていう密造酒なんだ。終戦直後に流行して、大勢の人が死んだり失明したりした」

操車場のサーチライトが目の奥ではじけとんだ。頭も割れるほど痛い。

「あなた、お酒くさいわ。ぜんぜん抜けてない」

「抜けるもなにも、俺、ゆうべは一滴も飲まなかったじゃないか。これはメチルなんだ、死に損なった」

夢と現実の間で、真次はわけがわからなくなった。みち子はきょとんとして、覚めきらぬ瞼を手の甲でこすった。

「夢じゃないぞ。闇市《やみいち》のチンピラにメチルを飲まされて、懐を探られた」

「闇市――？」

「そうだよ。アムールっていう生意気な若造だ。俺のことを進駐軍の通訳だと勝手に決めつけて」

「アムール！」

みち子は目を瞠《みは》って、愕《おど》きの声を上げた。

「どうした」

「だって、その人——ゆうべ私も会ったんだもの」

二人はしばらくの間、時と場所を確かめるようにたがいを見つめ合った。

「俺たち……寝てたよな」

「寝てたわ。だって、ここにこうしているじゃない」

「アムールに会ったって？」

みち子は髪の根を握りしめてうつ向いた。慄《ふる》える裸の背を毛布で包むと、振り返った横顔は青ざめていた。

「私ね、夢の中で焼跡の闇市に立ってたのよ。すごくたくさんの人がいて、臭くて、汚なくって——冗談で言ったことが夢になっちゃったんだって考えてたの。だから、あなたのおとうさんを捜し歩いて。そうしなきゃならないみたいな気がして、一生懸命に」

「会えたのか」

真次は真顔で訊《たず》ねた。

「ううん。そんな人、誰も知らないって。そのうち闇市から出て、知らない町はずれを歩いていたら、不良っぽい女の子たちに捕まってね。怖いのよ、あんたいったい誰に断わって商売してるのよ、って」

「パンパンにまちがえられたってわけか。そこに警察が来た」

　みち子は顔を被った。

「言いわけなんか何も聞いてくれないのよ。すごく乱暴で」

「ああ、ひどいもんだ。俺はちょうどその場に来合わせた。アムールと一緒に。気がついたろう」

　二人は同じ夢を見ていた、ということになる。

「前に、何かで読んだことがあるな。ユングだったか、無意識下で意識がつながっているとかいう。つまり夢を共有することはありうるって」

「そんなことあるはずないわ。第一、そんなんじゃないわよ」

と、みち子は慄えながら爪を嚙《か》んだ。「あれは夢じゃないのよ。私とあなたの魂が、寝ている間にタイムスリップしたのよ」

　魂が脱け出て、というみち子の説明には、強い説得力があった。昨夜の夢は、夢と呼ぶには余りにもはっきりとしていた。むしろ「昨夜の記憶」という方が、ずっとふさわしい。

　真次はベッドを脱け出して玄関に立った。靴は泥にまみれていた。片方の靴底は粗末な革底に張りかえられていた。

「きのう、ぬかるみは歩いていないな。どうやらごていねいに、靴まではいてタイムスリップしたらしい」

「私の靴は？」

「君のもどろんこだ」

「あなたのコートも泥だらけよ。どこかに寝転んだみたい」

酔い潰れた酒場の床の、湿った土の感触を真次は思い出した。

風呂場にのめりこんでシャワーを浴びる。もし夢だとしたら、思い起こそうとするそばから失われていくはずだが、昨夜の出来事はむしろ頭が覚めるにつれ、正確に甦《よみがえ》ってくる。あたりに立ちこめていた異臭は、まだ鼻先にこびりついており、雨上がりの不浄な冷気も肌にまとわりついていた。真次は熱いシャワーで体を洗った。

「アムールって人、私を迎えに来てくれたのよ。おまわりさんたちがそう呼んでた」

素肌に男のワイシャツを羽織って、みち子は台所で膝《ひざ》を抱えた。

「変なやつだな」

「他の女の人はみんな留置場に入れられたんだけど、私だけ取調室で待たされてたの。手錠をかけたまま」

差し出されたみち子の手首には、ありありと赤黒い手錠の痕《あと》が残っていた。

「ずっと黙りこくっていたの。そしたら刑事さんたちは勝手に、日本語がわからないんじゃないかって。二世なんじゃないかって。進駐軍の関係者らしいって噂《うわさ》してた。アムールっていう人がきたのは、夜おそく」

「あいつ、見かけによらず律義者だな」

思わず口に出して、真次はすでに昨夜の出来事を信じ切っている自分に気付いた。

アムールは果たして、酒の席で悪い商談をもちかけようとしたのか、あるいはただ酔い潰して金目のものを強奪しようとしたのか、それはわからない。

いずれにしろとんでもない悪党にはちがいないのだが、それはそれとして約束だけはたがえずにみち子を貰《もら》い下げに行くという妙な律義さは、いかにもその時代にありそうなことだ。

「ドルを持ってないかって、聞いただろう。あいつ」

「うん。それとPXで使う購買カードが欲しいって。でも私、ハンドバッグも持ってなかったし、ないわって言ったらすぐにあきらめたわ」

GIカードとは、そういうものだったのだ。ドルと購入券があれば米軍のPXから貴重な生活物資が手に入る。それを闇市に流して荒稼ぎをしている、ということだろう。

「悪いやつだけど、なかなか器用な男なんだな。汗水流して担ぎ屋をやるより、よっぽどてっとり早いってことだ」

「私もピンときたのよ。そのうえ警察にも顔が利くんだから。それで思いついて、あなたのおとうさんのことを聞いたの」

「君もしつこいね」

寝しなに冗談のつもりで口にした希いがそんなことになって、みち子はなかば強迫的に真次の父を捜したのだろう。その気持ちは真次も同じだった。

「親切な人よ、あの人。あちこちの露店で聞き回ってくれたわ。やくざの事務所なんかも。やっぱり新宿にはいねえな、ねえさんあきらめな、ってガッカリしてた」

行状と人格とが必ずしも一致しない時代だったのだ、と真次は思った。それがたまさか一致してしまえば、歴史のエピソードに残る判事のように、来るはずのない配給を待って飢え死にしてしまうか、あるいは殺人鬼か強姦魔《ごうかん》になるしかあるまい。食うためには何でもしなければならない時代だったのだ。

アムールというあの若者は、詐欺や強盗のような真似をしながら、その一方では戦《いくさ》ではぐれた尋ね人たちのために、親身になって世話をやいていたのだろう。

「アムール、っておしゃれな名前ね」

みち子は若者の端整な顔を思い出したように、年かさの女らしい笑い方をした。

「いや、そのアムールじゃないんだそうだ」

真次は酒場の土間に倒れたまま聴いた、アムールの軍歌を思い出した。

(流れ豊かな黒龍江の、岸の繁みのわがすみか――)

甲高い少年のような声で、アムールは手拍子をとりながら唄っていた。

「黒龍江っていう、ソ連と満州の国境の川から逃げてきたんだって。その川の名がロシア語でアムール川っていうんだ」

ふうん、とみち子は感慨ぶかげに曇りガラスの外の明け空を見上げた。

「あの人、ずっと捜してるかもよ。まかせとけって、恩のある人なら俺が捜してやるよって言ってた。なんだか年下には思えないぐらい、頼れる感じがしたわ」

「年下にはちがいないけどな」

「もういや、頭の中がパニックだわ」

真次は風呂桶《おけ》の冷水をざぶりとかぶった。

きっとアムールは、真次の尋ね人も小沼佐吉だと知ったことだろう。

(恩のある人ですか、それとも恨みのある人ですか)

アムールの言葉が甦った。彼はそう言うことで、世間知らずの真次とみち子をたしなめたのかもしれない。

「それで、いったいどうやって帰ってきたんだ？」

「人ごみの中でアムールさんとはぐれちゃって、真っ暗な路地に迷いこんだの。怖いのと疲れたのとでしゃがみこんだら、急にめまいがして、気が付いたらベッドの上だった」

「波打ちぎわに立って、足元を砂がサアッて引いて行く感じだろう」

おとつい永田町の地下通路で体験したふしぎな感覚を思い出して、真次は訊ねた。

「そう。すごく気分が良くなって、闇の中を滑って行くみたいだったわ」

やはり魂が体から脱け出して、時間の空を飛んで行ったのだと真次は思った。

11

その日、真次は小沼産業の本社に圭三を訪ねた。

早々にみち子の部屋を出たのだが、地下鉄に乗ったとたん途方に昏《く》れた。

家に帰って母とおとついの話の続きをする気にはなれない。もし妻や子供たちの耳にも入っていたとしたら、きっと興味と疑惑とでもみくちゃにされて、もういちど説明のつかぬ物語をしゃべらさせることだろう。もちろんそんなきっかけで一族のいまわしい過去を子供らに伝えるのは、いいことではない。

そこにきて昨夜の話だ。新宿の闇市を覗いてきたなどと言えば、さすがの母も気を揉《も》むだろう。だが母と会えば、たぶん話してしまう——。

赤坂見附のホームでしばらく逡巡《しゅんじゅん》したあと、真次は銀座線に乗り換えた。

とりあえず圭三に会って、正常な自分を見せておく必要はあるだろう。おとついの出来事を説明するつもりはないが。

銀座駅から地下道を歩き、東銀座の階段を昇れば、昭和通り沿いの小沼産業本社は目の前だった。

手狭になった日本橋の社屋を引き払い、分散していた機能を統合して建設された巨大な新社屋である。小沼産業が繊維業界の雄であったのはすでにひと昔前の話で、十七階建のビルに詰まっているのは夥《おびただ》しい数の子会社と海外現地法人を従えたコングロマリットだった。

敷地の広さを誇示するようにつつじの植え込みを張り巡らしたアプローチを歩き、ガラス張りの玄関に入ると、吹き抜けになったロビーの中央に等身大の父の銅像が立っていた。

受付に来意を告げ、「小沼真次」と記帳をすると、三人の受付嬢は揃《そろ》って椅子から立ち上がった。

真次の存在は何度か週刊誌にも取りざたされたことがある。社内ではたぶん、公然たる噂だろう。真次はとまどう受付嬢たちに言いわけのつもりで、「似てますか?」、と父の銅像を指さした。

秘書が電話口に出て、最上階の役員室までおいで下さいと言ったが、真次は拒否した。

「降りてくるように伝えて下さい」

父がいないことはわかっているが、その執務室にすら近付きたくはなかった。顔見知りの古い役員たちとも会いたくはない。

「副社長は会議に入っておりますが、お待ち願えますでしょうか」

秘書は困り果てたようにそう言った。


一時間の予定が、ものの十分で圭三はやって来た。会議を中座したのだろう、エレベーターホールから出てきた様子はあわただしかった。

この会社の中で、自分は誰にとっても始末におえない、厄介な存在であることに真次は気付いた。

「きょうは休みなの？　一時間ほど待てるかな、めしでも食おうよ」

と圭三は母に似て小造りな、愛嬌《あいきょう》のある顔をほころばせた。

「すごいビルになったなあ。土曜は休みじゃないのか？」

「相変わらずさ。今どき土曜も完全出勤の会社なんて、うちぐらいのものだよ」

圭三は周囲を気にして、ひと目につかぬ奥のソファに真次を誘った。

「ご存じの通り、おやじは社会の趨勢《すうせい》なんて全く頭にないからね。ここでは社長が法律なんだ――あと、あとが大変さ」

「しかし、ピンピンしているうちに銅像を建てるというのは、余りいい趣味じゃない」

コーヒーが運ばれてきた。カップを置く女子社員の手は慄えており、ロビーの応接セットからはいつの間にか人影が消えていた。

「趣味もなにも、ここでは神様だもの」

「だったらおまえも神の子だろう」

圭三は苦笑する。まさかこんな気弱な表情を他人の前で見せはしないだろうと、真次は不安になった。

「あんまり飲まない方がいいよ。おやじも心配している。にいさんは強情なところと酒飲みが俺に似たって」

「おとついのことは、話したのか」

「いや」、とだけ言って圭三は黙りこくった。

「別に用事はないんだが、どうかしちまったんじゃないかと思われても困るからな。この通り至って正常だ」

ひとこと詫《わ》びるつもりで来たのに、何でこんな言い方をしてしまうのだろうと、真次は言ったあとで考えた。肝心な言葉ほどいざ口を出るとうらはらな言い方になる。冷淡で身勝手な、まるで父とそっくりな口ぶりだ。

「おやじも酒で体をこわしたから、心配なんだよ、きっと」

真次が言い返すのを恐れるように、圭三は続けた。

「ねえ、にいさん。今度ばかりは見舞いに行ってやってくれないか。頼むよ」

「子供に行かせるよ。代参でいいだろう」

圭三はコーヒーを口に運んだまま手を止めた。呪《のろ》うような不穏な目付きである。

「――悪いのか、おやじ」

もう一度、圭三は周囲を見渡し、受付との距離を目で測った。

「決して口外しないでくれよ、にいさん。おふくろにも言わないって約束してくれ」

体を屈《かが》め、膝の上に組んだ掌を揉み合わせながら、圭三は囁《ささや》くように言った。

「夜中に血を吐いたんだ。頼子さんが気付かなければ一巻の終わりだった」

「血を吐いた？」

「静脈瘤《りゆう》破裂だ。肝臓に腫瘍《しゆよう》がある。悪性かどうかは検査の結果待ちなんだけど、静脈瘤の破裂はいいことじゃないって、医者は言っていた」

圭三は遠回しだが適切にそう説明し、すがるような目を上げた。答えを要求しているのだと真次は思った。それも、見舞いに行くかどうかという簡単な意味ではあるまい。

「わかるだろう、にいさん。この会社はおやじの会社なんだ。何から何まで。いまおやじに万一のことがあったら、俺はどうしようもない。俺は――おやじやにいさんたちみたいにできが良くないから」

圭三はにいさんたち、と言った。夭逝《ようせい》した兄のことまで思い悔やむほど追い詰められている、と真次は思った。

「おやじの決裁がなければ、小沼産業は何ひとつ動かないんだ。俺にはわからないことが多すぎる」

「おまえがやるしかないさ。俺はとっくに家を捨てているんだ。できることは何もない。あたりまえじゃないか」

「何をしてくれとは言わないよ。おやじと和解して、役員に入ってくれ。そばにいてくれよ」

悩むというより、圭三は怯《おび》えている。経営の実務がどうのということではあるまい。いずれ自分の身にのしかかってくるだろう重圧に、慄え上がっているのだ。

「女房とはその後、どうなってるんだ」

「まったく梨《なし》のつぶてさ。里のおやじは次の選挙には出ないらしいから――」

「だから小沼産業とは縁切りってわけか。ずいぶん勝手な理由だな。子供らは？」

「頼子さんが母親がわりだけど――だが俺は子供らをあの人に任せるわけにはいかないんだ。わかるだろう？　俺にはそれはできない」

圭三の苦悩の半ばは、それにちがいない。公私にわたって、いわゆるにっちもさっちも行かぬ形に、圭三は陥っている。

「おまえ、無理なことを考えていやしないか」

「無理なことって？」

「おやじが死んだら頼子を追い出して、家を元通りにしようと。俺とおふくろを中野に連れ戻して、何事もなかったようにやって行こうとか。とんでもないぞ、そんなこと」

圭三は押し黙った。

「自分で解決しろ。おまえはいつだって取り残される運命にあるんだ。俺たちまで巻きこむなよ」

冷ややかに立ち上がりながら、何という言いぐさだろうと、真次は自分の言葉に愕いた。圭三を父の許に置きざりにして家を出たのは、自分と母であった。

「おやじの言うなりになって、代議士の娘なんかを嫁にもらうからこんなことになるんだ。頼子に面倒見させりゃいいじゃないか。考えてもみろ、死んだばあさんだって血の繋《つな》がりのない俺たちをあんなに可愛がってくれたんだ。頼子も子供らにとっちゃ、いいばあさんだよ」

圭三は笑顔をつくろって真次を玄関まで送った。別れぎわにロビーを振り返って、圭三は父の銅像を見た。

言い尽くせぬ矛盾をことごとく呑《の》み下して、圭三は溜《た》め息まじりに、一言だけ呟《つぶや》いた。

「にいさんは、おやじにそっくりだね。何から何まで——」

ガラスごしに手を挙げて見送る圭三の小柄な姿は、愕くほど母に似ていた。いつも正体のない微笑を浮かべる、行き昏れた子供のような顔。三軒茶屋の新聞屋を探しあてて、歪《ゆが》んだガラス窓の外にひょっこり立っていた、あの日の母の顔そのままだ——。

階段を下って行くと、真次のすさんだ心は地下鉄の温かな風に和んだ。いつ、どんなときでも、とりあえず自分を包みこんでくれるやすらぎ。それは胎内の安息だ。

父は死ぬかもしれない。その訃報《ふほう》に接したとき、自分はいったい何を考えるのだろう。

たぶん、世間並みの悲しみや喪失感はあるまい。無感動に、たとえばホームからぼんやりと眺める地下鉄の空洞のような無意味さを感じるばかりだろう。

都営浅草線の垢抜《あかぬ》けぬ駅から銀座に向かう地下道は人影もまばらだった。乗り換えるにしては距離が一駅分も離れていることと、一日中浮浪者が屯《たむろ》していることが、この古い地下道を都心のエア・ポケットにしている。

両側のショーウインドウには素人の油絵が並んでおり、中央の角柱に沿って段ボール製のホームレス・ホームが建っている。無気力な者は地べたに丸まって寝ているが、多少なりとも生活力のありそうな浮浪者は、立派に壁も天井もある一畳分の家を建てて、そこに定住しているのだった。

真次は今まで決してそうしたことのない好奇の目を、彼らに向けながら歩いた。彼らこそが純然たる都市生活者であるという気がし、もしかしたら彼らのうちの長老は、あの闇市の時代からずっと今日まで、同じ暮らしを続けているのではないかと思った。

快適な空調が整い、一歩地上に出れば闇市の肉鍋やメチル酒よりもはるかに美味で栄養に富んだ、酒も残飯もある。いい時代になったことに変わりはない。血族のしがらみから離れ、労苦からも欲からもてっとり早く免れる賢い選択かもしれない、と真次は思った。

小沼産業のビルの中では極めて特定の人間であった自分が、任意のひとりに変わっていることに気付くと、真次の肩から力が脱けた。

このままさらに任意のひとりとして、彼らの生活に加わる可能性について、真次は少しばかり真剣に考えた。

「臭えんだよ、あっち行け!」

若い浮浪者が段ボールの屋根を持ち上げて空缶を投げた。それは愕いて立ち止まる真次の胸元をかすめて古い階段に当たり、またころころと彼の家に戻って行った。

「どっか行けって言ってんのがわかんねえのかよ。臭えんだよ、クソジジイ」

自分に向けられた言葉ではないと知って、真次は胸を撫《な》で下ろした。階段の上がり口に、年老いた浮浪者が座っていた。たしかに悪臭の元凶である。

文句を言われてももう立ち上がる気力すらないほど、老人は疲れ切っているように見えた。ただぼんやりと膝を抱え、濁った瞳《ひとみ》で地下道を見つめている。

目が合ったとき、真次は自分でもどうかしていると思いながら、老人に語りかけていた。

「お加減でも悪いんですか？」

老人は呆《ほう》けたように答えようとはしない。地下道の浮浪者が段ボールのすきまから真次を覗《のぞ》き見て、チェッと舌を鳴らした。

老人の風体が他の浮浪者たちと少し違うことに真次は気付いた。綻《ほころ》びた地下足袋、まずそれが珍しい。黄ばんだ股引《ももひき》とシャツを着、その上に寝巻のような着物を何枚か重ね着して、襟には手拭《てぬぐい》を巻いている。そして、今日では新品すらも珍しいその和手拭を、もう一枚頬かむりに冠っているのである。

間を置いてから少し怯えるように、老人は真次を見上げ、丸めた筵《むしろ》を引き寄せた。要するに古色蒼然《そうぜん》たる浮浪者であった。

老人は地下道の先住者に向かって聞こえよがしに言った。

「わしア、あんなやつ見たこともねえ。仁義を知らん乱暴者だな」

段ボールの中からくぐもった声が返ってきた。

「俺だっててめえなんか見たこともねえよ」

うんざりとして聞こえるのは、そんなやりとりをずっと続けていたのだろう。

「いい若い者が昼日中からごろごろしやがって」

「大きなお世話だ。臭えんだよ、臭くて眠れねえんだよ。頼むからどっか行ってくれ」

老人は訴えるような目を真次に向けた。

「わしァ震災前から銀座にいるが、近ごろはああいうわけのわからんやつが流れてくる。困ったもんだ」

頭の中で時代をたぐって、震災は戦災の聞きちがいだろうと真次は考えた。

「そんな昔から、銀座にいるんですか」

「ああ。ちょいと前まではわしへの挨拶《あいさつ》なしでおもらいなんぞできなかったんだが、世の中がめちゃくちゃになっちまって、顔も知らんやつが増えた。かたぎとくろうとの境い目がなくなっちまった」

真次はおどおどと見上げる老人の目の高さに屈みこんで訊ねた。

「お仲間に、アムールという名前の人はいませんか。達者ならばあなたと同じ年頃なんですが」

老人は訝しげに真次を見た。通行人から親しく声をかけられることなどないのだろう。

夢の記憶が心を蔽《おお》っていた。まさか本気でアムールの消息を訊ねたわけではないが、誰かに話したいという衝動がそんな質問になったのだった。言ってしまってから、自分はどうかしていると真次は思った。

　アムールという鮮明な名前を口にしてみたかっただけである。ところが、気を取り直して立ち上がったとき、老人はすがるように真次のコートの袖《そで》を摑《つか》んで、こう言ったのだ。

「そいつなら知ってるよ」

　老人は口をつぐんで汚れた掌を差し出した。

　出まかせを言って金をせびる魂胆なのだろう。五百円玉をひとつ手渡して、真次は老人の嘘《うそ》を聞いた。

「だが、別人かもしらねえ。アムールはわしなんぞよりずっと若い」

「へえ。いくつぐらいなの？」

「よくわからねえが、二十三か四。やつは銭を持ってるからな。食ってるやつは老《ふ》けて見える」

　真次はひやりとした。老人に心の中を覗きこまれたような気がしたのだ。

「本当に知ってるのか、アムールを」

「ああ。わしァやつが復員してきたときから知っている。アムール川から逃げまくってよ、よその部隊にまじって帰って来ちまったと。どうりではしっこいわけだ」

異臭をまき散らして、老人はへらへらと笑った。

「――ところでにいさん。ここはどこだ」

笑いを吹き消して地下道に目を戻し、老人は逆に訊ねた。

「どこって、銀座だよ」

「そりゃあわかってるんだが――今さっきそこから降りてきたら、妙なところに出ちまって、びっくりして腰が抜けた。狐《きつね》に化かされたか」

老人は本当に立つことも動くこともできぬというふうに、階段のへりを摑んでいる。

頭上の小さな冬空から目を戻して、真次は老人の着物の懐に覗く新聞紙を奪い取った。

〈インフレ防止の緊急令出づ――けふから預金封鎖・一般引出を禁ず〉

昭和二十一年二月十七日という日付を確認すると、真次はまずあたりを見回した。

「おじさん、こんなところにいちゃだめだ。戻ろう」

「何なんだい、これァ。どうなっちまったんだい。何でこんなところに地下道があって、見たこともねえやつがいるんだ」

段ボールの壁の中から若い浮浪者が立ち上がって、また空缶を投げた。

「いちいちうるせえんだよ、ジジイ。見たこともねえのはてめえの方だ。あっち行け！」

空缶は老人の地下足袋の臑《すね》に当たって、からからと階段を転げ落ちて行った。地上から吹きこむ乾いた冬の風が頬をなぶると、みぎわに立つように足元を砂が流れた。真次はまた、時代のさけ目に佇《たたず》んでいた。

「あいつら二世だろう。進駐軍は二世の乞食まで連れて来やがった」

真次は老人の肩を抱え上げた。

「そうだよ。ここから先は日本人オフ・リミットなんだ。さあ、戻ろう」

「すまねえなあ、にいさん。そうだ、アムールのあにきなら、今さっき尾張町の十文字で商売してたよ」

「尾張町の十文字、って？」

「服部時計の角さ」

「――ああ、和光だね。四丁目の交叉点のことか、三越のある」

「三越は焼けちまった。アムールは服部時計の向かいの鳩居堂《きゆうきよどう》の焼け跡にいる」

「そんなところで何をしてるんだろう」

「にいさん、まさかMPじゃねえだろうな」

と、老人は半歩ずつ階段を昇りながら、見慣れぬ五百円硬貨と真次の顔を見較べた。

「そうじゃない――戦友なんだ。満州で一緒だった。噂を聞いて訪ねてきたんだが」

「ふうん」、と老人は納得したように肯《うなず》いた。

「やつは景気がいいから、戦友の面倒ぐれえ見てくれるだろう。銀座じゃ一番のドル買いだ。俺たちゃ酔っ払いの兵隊やパンスケにドルをたかって、アムールに買ってもらうんだ。そのためにやつァ、土日には必ず銀座に出てくる」

街は凩《こがらし》の吹きすさぶ焼跡だった。一面が真白い瓦礫《がれき》の山に見えるのは、木造の家屋が少なかったせいだろうか。新宿の焼跡に比べると、壊滅的な感じのする廃墟《はいきよ》だった。焼け残ったビルにも焦げあとが生々しい。

振り向けば地下道はビロードの幕を落としたような闇に呑まれていた。

出口に屋根はなく、空襲で吹き飛ばされたままに側壁は崩れ落ちて、錆《さ》びた鉄筋が危うげに突き出ている。

「早く行かねえといなくなっちまうぞ。PXが閉まれば、やつも店じまいだ」

「PXが閉まると？」

「面倒なことは本人から聞け。おありがとうございます」

「ありがとう、達者でな」

老人を路上に放り出すと、真次は四丁目の交叉点を目ざして歩き出した。

たそがれの歩道にはぎっしりと露店が並んでいる。交叉点に近付くほどに人出は増え、昨晩の新宿と同じ異様な熱気がたちこめてきた。

東南の角、半世紀の後に日産ギャラリーの建つあたりは一面の廃墟で、そこが広い闇市になっている。四方から集まってきた人々はいったんそこに吸いこまれ、また吐き出されてくる。

和光の時計台だけが神々《こうごう》しいほどの完全な形で建っていた。まるで斜向いの闇市の雑踏を睥睨《へいげい》するように。

〈TOKYO・PX・EIGHTH・ARMY・EXCHANGE〉

――第八軍東京売店、という意味だろうか。ただひとつだけ今に変わらぬ和光の周囲には米兵の姿が目立った。

浮浪者が教えた鳩居堂の三階建のビルは、瓦礫の中に焼けただれて立っていた。周囲の建物はきれいに消え去っている。その一角では他に安藤七宝店のビルが残るばかりで、晴海通りの先には懐かしい日劇と朝日新聞社のビルまで見通すことができた。

冬の日に晒《さら》された光景は衝撃的だった。真っ黒に焼けただれた柳並木の間には防空壕《ごう》が土盛りごと残っていた。人々はがらんとした都電通りを無秩序に歩き、食料を求めてさまよっていた。

足元から紙屑《かみくず》が吹き上がった。地下鉄が走っている。疲れ果てた人々が階段を下りて行く。壊滅した東京の地下を、それでも地下鉄は走っているのだ。

埃《ほこり》まみれのトラックのボンネットにもたれて、目ざとく真次を見つけたのはアムールの方だった。

通りを隔てて手を振る真次を、アムールは眩《まぶ》しげに見つめている。真次は防空壕を飛び越えて道路を横切り、鳩居堂のビルの陰に止まったトラックに向かって走った。

「やあ、また会えたね」

真次はこの世界のただひとりの知己に、そう言って微笑《ほほえ》みかけた。アムールは笑わない。

「――なんだよ旦那《だんな》。ゆうべ二階から煙みてえに消えちまって、ずいぶん心配してたんだぜ。旦那ばかりじゃねえよ。せっかく貰《もら》い下げてきたべっぴんだって、フッとどこかに消えちまうし」

心外そうに、アムールは言った。今さらのこのこ出てきやがって、とでも言いたげである。

「何も恩着せるわけじゃねえよ。そうじゃないけど、サンキュー・ベリマッチの一言ぐれえ言ったたって、バチは当たらねえと思うがな」

「急な用事があったもので。そのサンキュー・ベリマッチを言いにきたんだ。ありがとう」

「まったくわけのわかんねえやつだな。梯子《はしご》段を下りてきた様子もねえし、窓から飛び下りたのにちげえねえから、こいつァてっきりGHQのスパイだろうって、いっときは夜逃げの仕度までしたんだぜ」

口で言うほど真次を疑うふうはなかった。周囲を見渡して、真次に怪しげな連れのいないことだけをアムールは確かめた。

「心配しないでくれ。だが僕は、君の害にもならないかわりに、得にもならない人間なんだ。ごくふつうの勤め人さ。会社は神田の地下鉄ストアの中にある。昨日の連れも一緒だ」

アムールは測るような目付きで真次を見つめ、ふんと鼻を鳴らした。

「なんだつまらねえ。俺のめがね違いかよ——だったら礼なんぞいらねえから、ちょっと手を貸してくれねえか。わかるだろ、いきなりの預金封鎖で、こっちはてんてこまいなんだ。今日が一世一代の稼ぎどきかもしらねえ」

ソフト帽の庇《ひさし》をつまみ上げて、アムールは不敵に笑った。浅黒い顔に、真っ白な歯が浮き上がる。何というたくましい笑顔だろう、と真次は思った。それはかつて多くの日本人が持ち、繁栄とともにことごとく失われてしまった、再生する民族の表情だった。

トラックの荷台で褐色の毛布がごそりと動いた。ハチ公が顔を出し、不安げに真次を見た。

「もうドルもGIカードもいらねえからよ、ちょいと手伝ってくれ——ほら、またおいでなすった」

乗客を鈴成りにした都電が停留所に止まると、どっとはじき出された人々の中から何人かの男たちが、瓦礫を踏んで近寄ってきた。

「並ぶんじゃねえったら。目に付くじゃねえか。ひとりずつ、おいおまえ、もっと離れてろ——まったく、みんな行儀よく並ぶことがすっかりクセになっちまってんだから」

トラックの陰に一人ずつ呼び寄せるとドルを受け取り、かわりに雑嚢《ざつのう》の中から札束を取り出して手渡す。預金封鎖という突然の事態に、ドル売り円買いの闇屋たちが殺到しているのだ。

アムールはたちまちドルで満杯になった雑嚢をトラックの運転席に放りこむと、かわりの雑嚢を肩にかけた。中にはこよりでくくられた円が詰まっていた。焼跡で堂々と店開きをする、原始的な為替《かわせ》ディーラーである。

それにしても頭の良い男だ。どういうレートなのかは知らないが、受け取ったドルを瞬間的に円に換算して手渡す。闇屋たちがしばらく立ち止まって計算をし、やがて納得した表情で去って行くのは、まちがいがないからだろう。

一息つくと、アムールは真次を手招いた。

「手伝えって言われても、俺はこんな器用なことはできないぞ」

「そうじゃねえんだ。ごらんの通り、俺はここから一歩も動けねえ。――はい、いらっしゃい。ちょっと待っててくれ――あのな、いいかい。このドルでよ、ハチ公の野郎にカメラを買いに行かせる」

「カメラ？」

「そうだ。よりにもよってこんな日に、ライカが入りやがった。コンタックスもだ。

ハチ公にドルを持たせてＰＸに買いに行かせるから、旦那は外で見張っててくれ」

「見張ってるって、どういうことだ？」

「わからねえかなあ」

と、アムールは真次の肩を抱いてトラックから離れた。

「これァ勝負なんだ。まず服部のＰＸでライカを買う。次に松屋のＰＸに行ってコンタックスを買う。少し間を置いて今度は服部でコンタックス、松屋でライカ。最新型を四台手に入れれば大成功さ。わかるか、旦那はハチ公が買ったカメラを、そのつど一台ずつここへ運んでくれ」

「何だか危ない話だな」

「ちっともヤバかねえよ。いつもの酒やタバコがカメラに変わるだけのこった。何しろ預金封鎖とライカが一緒にきやがった。盆と正月だ」

「他に頼む人間はいないのか」

アムールは鳩居堂の裏口でまた列を作っているブローカーたちに、ちらりと目を向けた。

「こんな世の中、いったい誰が信用できるね。俺の知り合いに金や物を預けるぐらいなら、見ず知らずのあんたに賭《か》けた方がよっぽどマシさ。腹のへってるやつはダメだ。俺はあんたの、そのなりを信じる」

彼らと較べれば、たしかに自分の身なりは上等に見える。食い物のことを考えていないただひとりの人間かもしれない。

「な、旦那。礼はちゃんとする。一枚かんでくれよ」

「度胸があるな、君も。めぐり合わせを信じるってわけか」

真次の腕を引き寄せて、きっぱりと言ったアムールの瞳は輝いていた。

「ああ、信じるとも。俺ァ半年前、ロスケの戦車に追われて逃げまくりながら思い知らされたんだ。いざとなりゃ戦友なんてアテにならねえ。あのとき俺の命を救けてくれたのは、みんな行きずりの人間だった。日本人だろうが誰だろうが、神様が俺のために用意してくれた連中だ。なあ、旦那。ライカとコンタックスが四台手に入りゃ俺はもうちっとマシな商売を始める。手を貸してくれ、時間がねえんだ」

情熱にほだされたことなど、たぶん初めてである。ことのよしあしはともかく、そんなむき出しの熱意を、他人から向けられたことはなかった。

ふと真次の心に、人を小馬鹿にしたようなホステスたちの顔や、横柄なブティックの女店主たちや、帳面を繰る岡村のいじらしい姿が思い浮かんだ。

荒れ果てたたそがれの焼け跡に向かって、真次は叫びたい気分になった。

12

トラックの陰でアムールが説明した作戦は大胆だった。しかし考えてみれば、商品には正当な対価を支払うのだから、略奪でも詐欺《さぎ》でもない。商売の一種といえばそんな気もする。

ドル売りの客をひと通りさばききると、アムールはコートのポケットから、油紙にくるんだGIカードの束を取り出した。

「おい、ハチ公。顔見せろ。どうもアメ公の顔はどいつもこいつも同じに見える。やつら同士が見れば違うんだろうけど」

毛布を被ったハチ公の顔と、カードに貼りつけられた写真を見較べ、何となくそれらしい四枚を選り出す。

「どうだ、これで」

言われてみればそんな気もするが、改めて見較べられたらもちろんひとたまりもあるまい。真次とアムールはトラックの陰にしゃがみこんで、真剣にカードを検索した。

「まあ、髪の色と目の色はだいたい似ているけど……これはちょっとダメだな。こっちの方がマシじゃないか」

「どれ――うん、そうだな。ええと、これはちょっと老けてるか。一九一〇年生まれ、これじゃあんまりだ。よし、これ。これでいいだろう」

「本当に大丈夫なのか？　どう見たって別人だぞ」

アムールは最後の一枚をどちらにするか迷いながら、どっちでもいいやというふうに、五、六枚のカードを扇に開いてハチ公に見せた。

ハチ公は毛布を被ったまま、ウーム、と日本語で呻《うめ》いた。結局ご本人に選ばせるというのも、ずいぶんいいかげんな話である。

「わかるもんか。週末のこの時間はごった返していて、いちいち写真なんか見てる間はねえんだ。第一よ、兵隊たち同士でもカードの貸し借りは当たり前なんだ。なあ、ハチ公、自信あるだろ？　ユー・オール・ライト？」

ハチ公は黄色い無精髭《ぶしょうひげ》の生えた、いかにも鈍重そうな顔を毛布からつき出して、

「オーライ、アムールパパサン。ハチ公、似テルネ」

だろう。

と、笑った。
さほど危険はないのかもしれない、と真次は思った。カードは米軍人たちだけに物を売るための証明書なのだろうから、必ずしも本人かどうかを確認する必要はないのだろう。

むしろそれより、脱走兵というハチ公の身の上の方が不安である。
「平気だよ。こいつはもともと、一番乗りで横浜に上陸した先遣隊なんだ。原隊はとっくに国に帰っちまってるから、顔見知りなんてひとりもいやしねえ。まったくおめでたいやつだよなあ、もうちょいと辛抱してりゃ今ごろは勲章もらって召集解除だってえのに」

話がわかっているのかいないのか、ハチ公はいかにも「辛抱の足らぬ兵隊」という感じの茫洋《ぼうよう》とした顔を、米兵たちのたむろする四丁目の角に向けていた。
「ええと、上等兵と二等兵だな。上等兵に見えるかな、こいつ。貫禄《かんろく》ねえから」

そんなものまでどこで手に入れたのだろうか。アムールは襟元を被った大きなマフラーをごそごそと開いて、米軍の階級章を取り出した。三本線の上等兵のものだ。
「いいか、ハチ公。まず最初に、ユーはサミュエル・レガード一等兵だ。オーライ？」

オーライ、オーライとハチ公は肯いた。

「ヒー・バイ・ライカ、イン・ハットリPX。ネクスト・タイム、ユー・ゴーツー、マツヤPX。いいな、次はグラハム・コットン二等兵。一番高いコンタックスを買う。モスト・ハイクラス・コンタックス。ユー・ノー？」

「イエー」

と、ハチ公は似ても似つかないグラハム・コットンのGIカードを受け取った。

「よしよし。そこでだ、松屋を出たら階級章を付け替える」

アムールは上等兵の階級章をハチ公に渡し、「チェンジ、チェンジ」と、腕を叩《たた》いた。

思いついたようにトラックのドアを開け、アルミの弁当箱の蓋《ふた》を開ける。食いかけの、というより、その目的のために食い残したと思われる握り飯の半分を、ハチ公に手渡した。

「バカ、食うんじゃねえ。それで貼りつけるんだ。ペタペタ。そうだ。うまく行ったら今夜はビフテキ食わしてやるからな。しっかりやるんだぞ」

まったく犬に言いきかせるようにアムールは言った。ハチ公はひとにぎりの米粒を古新聞の切れはしに包んで、煤《すす》けた軍服のポケットにしまった。

「で、次に、ダグラス・マクドナルド上等兵だ。ずいぶん偉そうな名前だな。こいつはきっと出世する。ヒー・リターン・ハットリPX。ヒー・バイ・コンタックス。いいか、今度もコンタックスだ、順序をまちがえるな。それと、同じ店員からは買うなよ、ええと、ディファレンス・セールスマン。それからまた松屋に戻って、今度は――なんだこれ、難しくて読めねえ……」

真次はカードを覗きこんだ。

「クシシュトフ・ジョン・ローゼンタール、だね」

「さすがだな、旦那。え、何だって？　クシュシュ……ま、いいや、その上等兵だ。こいつはきっと移民だな。ぐちゃぐちゃの混血か。おいハチ公、ユー・アンダスタン」

「イエー」

とハチ公はカードを受け取り、彼でさえ読みづらそうな長い名前を、ブツブツと復唱した。

ひどく人相の悪い、手配写真のような顔がよほどおかしいのか、ハチ公は「クシシュトフ・ジョン・ローゼンタール上等兵」の顔を二人に指し示しながら、荷台を叩いて笑った。どうやら、俺はこんな醜男《ぶおとこ》ではない、と言っているらしい。

「ぜんぜん緊張してないね。大丈夫かな」

「このノータリンのところが、こいつの取り柄さ。ブルわねえからバレねえ。なにしろ、もしもということをてんで考えねえやつだからな。こんな兵隊と戦争してこてんぱんにやられたのかと思うと、情けねえよな。ああ、死なねえで良かった」

ハチ公は周囲を窺《うかが》ってから荷台を飛び下り、尻のポケットからＧＩ帽を抜き出して斜めに冠った。変装したつもりのレイン・コートを脱ぎ捨てると、とりあえずは街角の米兵と変わりがない。

アムールはドル紙幣の束を古新聞に包んで真次に手渡した。

「アムールパパサン、金持チネ」

ハチ公は親指を立て、真次に向かって飼い主を誇るように、片目をつぶって見せた。

「うまく行けばおまえもリッチマンさ。戦争も軍隊もくそくらえってんだ。がんばれ、ハチ公。ユー・キャン・サクセス。ユー・ウィル・ビー・サクセス・イン・ジャパン。大金持ちになって、おめえを、バカにしたやつらを見返してやれ」

「イエッサー、アムールパパサン。ダイジョーブ、マカセナサイ」

軍服の埃をはたき、バックミラーに顔を映しこむハチ公の表情には、何の迷いもなかった。

おそらく、未来の世界も知らず、歴史上のこの時代のありようも知らぬ二人の若者の心には、夢が満ちているのだろう。どんな手を使ってでも、廃墟の中から富をすくい取りさえすれば、この国での未来は約束されていると、彼らは信じているにちがいない。

たしかに、若者たちの未来を束縛するほどの上等な秩序は、焼け跡のどこにも見当たらなかった。

「いいかい旦那。教文館の横丁にパンスケが並んでいるから、小遣いの一ドルもやって立話をしていてくれ。ハチ公がまずカメラの値段を見てくる。そしたらドルとカードを渡す。余分な物を持たせていたら怪しまれるし、万が一パクられたときに言いわけできねえからな。で、カメラは一台ずつこっちへ運んでくれ。PXのまわりに巡査や刑事がうろつくことはない。パンスケと交渉中の日本人に、MPがとやかく言うこともない」

いいかげんなようで、けっこう綿密な計画である。真次はいつの間にか胸を高鳴らせて、この危険なゲームの虜《とりこ》になっていた。

教文館書店のビルの先を左に折れると、並木道の両側にひとめでそれとわかる街娼《がいしょう》たちが立っていた。

ちょうど商売を始める時刻なのだろうか、何人かずつが有楽町の方角から歩いて来ては、ぴたりと持ち場に立ち止まり、判で押したように夕バコをくわえる。どの顔も閑暇と倦怠《けんたい》を装いながら、目だけは通りすがる米兵に向けられていた。

あたりを見渡してわかったことだが、その位置からは和光も松屋も目と鼻の先である。人通りも多く、共犯者の立つ場所としてはたしかに都合が良い。

「ちょっと世間話をしていてくれないか」

不器用な言い方だと思いながら、目の合った娘に声をかけた。

娘は毛玉だらけの粗末なコートを着、素足に赤い鼻緒の駒下駄《こまげた》をはいていた。やみくもに塗りたくったような厚化粧である。いきなり声をかけられて愕いた表情には、まだ幼さが残っていた。

「おっさん、刑事じゃないよね」

そう信じたいというふうに、少女は恐る恐る一ドル札を受け取った。

「いや、ちがう。ちょっと人を頼んで、ＰＸに買物に行ってもらってるんだ。怪しまれるといけないから、しばらく話し相手になっていてくれ」

少女は渡された紙幣が一ドル札であることに気付くと、ひゃあ、と小さく叫んだ。

「やばいよ、おっさんピイ屋だろ。おれ、やだよ、おっかないよ」

「大丈夫だ、迷惑はかけない」

「だって、おねえさんたちが言ってるもの。ピイ屋の手引きをしたら沖縄に送られて、一生慰安婦にされちまうんだって。ほんとの慰安所《ピーヤ》に落とされちまうんだってさ」

ピイ屋というのは、PXの商品を不法入手するブローカーの隠語であるらしい。その行為に対してどんな罰があるのかはともかくとしても、自分が問題の一味に加わってしまったことは、これではっきりした。しかし、もう後には退けない。

逃げ腰になる娘の腕を真次は摑んだ。

「騒がないでくれ。世間話だけしていてくれればいいんだ」

もう一ドル渡すと、少女はあたりを窺いながら、脇に抱えた風呂敷包みに金を押しこんだ。

「おれ、知らないからね。何も聞いてないからね――寒いわね、きょう」

とってつけたように語り出す少女の目は、おどおどと落ち着かない。その表情だけで怪しまれはせぬかと、真次は気を揉んだ。

「若いね。いくつ?」

そうは見えない。化粧を落とせば十六、七か、いやもっと若いかもしれない。いったいどんな事情でこの街角に立つようになったのだろうと、真次は娘の身の上について少し考えた。

「おっさんは？」

「四十三だ」

プッと少女は噴き出した。

「どうした、おかしいか？」

「若くサバ読むならわかるけど、そんな嘘、きいたことないわ」

「じゃあ、いくつに見える」

「そうねえ」、と少女は近視らしいぼんやりとした目を真次の顔に据えた。

「三十二か三。どう、図星でしょう」

十も若く見られて悪い気はしないが、それはおそらく時代のせいだろう。

六十代が立派な老人で、しかも社会的寿命を五十代でほぼ終えるこの時代には、人はずっと老けていたのだ。平均寿命と比例して、ぴったり十歳若く見える、ということだろうか。

「匂うね。酔ってるの？」

「しらふでこんなことできるわけないじゃないの。誰に会うかわかんないんだから」

「出身は、東京？」

娘はコートのポケットから煎《い》り豆を摑み出してかじり、一粒を真次の唇に押しこんだ。

「深川。これは嘘じゃないよ。三月十日の大空襲で焼け出されて、弟と二人だけ生き残ったの。築地のおばさんちまで逃げたんだ」

娘の指さす東の方角は、歌舞伎座《かぶき》だけがぽつんと焼け残る一面の廃墟だった。

「弟は五月の空襲でやられちまってさ。ついてねえんだよ、たまたま勤労動員に行ってた工場の寮から、その日だけ帰ってたんだ。本願寺のへんまで逃げたところで、艦載機にやられたって。ふん、シャレにもならねえ」

娘の言葉は乾ききっていた。わずか十ヵ月前の出来事を十年前の記憶のようにしゃべり、そして事実、少女は十年分の体験をしてしまったにちがいない。

ハチ公が濃い色のサングラスをかけて角を曲がってきた。

割りこむようにして少女と向き合ったまま、ハチ公はカメラの値段を指で示し、後ろ手を差し出した。

「サミュエル・レガード二等兵だよ」

と念を押しながら、真次は札束とＧＩカードをハチ公に握らせた。

「オーケー。スグ戻ルヨ」

「グッドラック、サム」

ハチ公はヤニだらけの歯を見せて笑うと、ＰＸに戻って行った。

「――やばいよ、おっさん。ねえさんに見つかった」

娘は風呂敷を胸に抱えこむと、不恰好《ぶかっこう》に隈取《くまど》られた赤い唇を歪めた。斜向いの舗道から、姐御《あねご》らしい女がきつい視線を向けていた。肩から羽織った革の半コートを翻《ひるがえ》して道路を渡りかけ、出会いがしらの人力車にひどい悪態をついて、女は大股で近寄って来た。

「おねえさん、こんにちは」

と、娘は弱々しい声で言った。

「こんにちはじゃねえだろ。おまえ、ピイ屋の手引きなんざ十年早えんだ。あっち行ってろ」

「すいません」、と立ち去りかける娘の腕を摑んで姐御は掌を差し出した。

娘は素直に風呂敷包みの中から、二枚の一ドル紙幣を出した。

「へえ。豪勢じゃないの。今の兵隊、アムールの子分だろ。あんたも片割れかい」

と、姐御は紙幣の一枚をポケットにしまい、もう一枚を娘に返しながら、真次を睨《にら》み上げた。ぽんと肩を押されて、娘は逃げるように去って行った。

「君は?」

「あたしゃ有楽町《らくちょう》のお時《とき》。新橋《ばし》から上野《のがみ》まで、あたしに挨拶なしで商売はできない。――あんた、どっかで見た顔だな。アムールの仲間《レツ》か?」

「まあ、そんなところだ」

「まったく、あいつの悪い癖だよ。人を信じないから、いつだって良く知らないやつとつるむんだ。どうせあんたもその手合いだろう」

女は通りすがる男の足元にチューインガムを吐き捨て、険悪な目付きで見送った。

「ばかやろうが。ガン飛ばしやがって」

目鼻だちのくっきりと整った顔に、真次は見とれた。小柄だが凛《りん》と伸びた背筋が、女をひとまわりも大きく見せていた。誰もが体を屈め、うつむいて歩いている中で、ひとりだけ堂々と振舞っているように、真次には見えた。

「今の娘、ずいぶん若いね。まだ子供だ」

お時は険のある目を真次に向けた。

「あんたらに言われる筋合いはないね。男どもがだらしねえから、子供までこんなことをしなきゃならねえんだ。昨日もラジオの街頭録音てえのが来て、更生がどうのって、笑わせるじゃないの。勝手に戦をして勝手に負けた男どもが、なにとぼけたこと言ってやがんだ」

くわえたタバコにライターを向けると、お時は包みこむようにして火を受け、そのまま真次の掌を握った。熱い掌だった。

「もう一ドルお出しよ。あたしならまちがいはない」

金を渡すと、ふいにお時はいかにも古いなじみのように真次の腕を抱えこんでしなだれかかった。

「ま、あの子らもこれで食ってるんだから、ヤボは言いっこなしさ。家出娘は親元に送り返してる。カタギになるやつは止めやしない。兵隊のオンリーになるんなら、それもいいさ。ここで立ちんぼしなきゃならねえ娘だけ、面倒みてやってる。みんな若いから――あんた、なかなかいい男だね」

お時は扇のような睫《まつげ》をしばたたかせて真次を見上げた。

「一ドル分、いい男に見えるだろう」

「そんなことないさ。あたしの好みだ。それにしてもキザなメガネだこと」

お時には他の街娼たちのような気倦《けだる》さも、すさんだ様子もなかった。このまま半世紀の後に連れ帰っても、十分に男たちの気を引くだろうと真次は思った。

「世間話をしていろって、アムールは言ってた。怪しまれるからって。だが、話っていってもなあ——」

「無理に話すことはないさ。ずっとこうしていればいい」

そう言って真次の胸で目を閉じ、身をゆだねるお時が愛おしく感じられるのはふしぎなことだった。思わず恋人にそうするように肩を抱き寄せると、お時は小さく息をついた。

街はいつしかたそがれていた。

かげろうの翅《はね》を透かし見たような、不確かな夕闇の中を、人々は家路についていた。

街路樹は焼け枯れているのに、どこから飛んでくるのか乾いた枯葉が、からからと足元を転げて行った。

お時は偽りの恋に倦《う》み、それだけが世界の一点の色に見える赤いハイヒールの爪先で枯葉を捉《とら》えると、踏み摧《くだ》かぬように弄《もてあそ》んでまたそっと放した。

煤《くす》んだ色の都電が火花を散らしながら、轍《わだち》を轟《とどろ》かせて過ぎて行った。

古くゆかしい香水の立ち昇る女の髪に唇を寄せると、それまで決して感じることのなかった時代の哀しみが、真次の胸を被った。

抱き寄せるお時の骨は、軋《きし》むほどに細い。やはり思いがけぬ若さなのだろう。この娘が胸の奥に抱えこんだ哀しみを知る者は、この時代にも、後の世にも永久にいはしない、と思った。

真次の唇をかわすように頭をもたげ、お時は小さな掌を上げてタバコを一息吹かした。溜め息が形になって真次の顔を過ぎて行った。

「きれいな指輪だね。ルビーだろう」

お時はタバコを挟んだまま、痩《や》せた指を伸ばした。

「アムールがくれたんだよ。いいだろ、気に入ってるんだ」

「アムールが？」

「そうさ。あいつは気前がいいんだ」

「なんだ、そういう仲だったのか」

お時は嘲《あざけ》るように笑い、掌をコートのポケットにしまった。

「そういう仲もなにも、おたがい商売だもの。あたしはＰＸの中の品揃えをいつも知ってるからね。けさものこのこやって来たから教えてやったんだ。お待ちかねのライカとコンタックスが入ったよって。あいつ、正月に横浜の野沢屋のPXで買いそびれたって、えらくくやしがってたんだ」

「だったら君に頼めば話は早かったのにな」

お時は声を殺して笑った。

「だから言ってんだろう。あいつは人を信じないって。それも、付き合いの近い人間ほど信じないんだ」

アムールと自分との深い関係をわざと匂わすように、お時は言った。

十分に若く美しい男と女が、肉体を通じてたがいの存在を保障し合っている。そんな二人は、いかにもこの異常な世相の密林に実る、一対の奇妙な果実だった。

お時は小さな顎《あご》を上げて、灯り始めた街灯を見た。

「あいつはあたしに惚《ほ》れてるんだ。あたしを抱くとき、客のことばかり聞くもの。まるで刑事《デカ》の取調べみたいに」

「だったら一緒になればいいじゃないか。彼は生活力がありそうだし、年ごろだって似合いだ」

「簡単に言うなよ」、とお時は形の良い眉をそびやかせて笑った。

「あいつ、女房がいるもの。腹がでかいんだ」

ハチ公がPXの包みを抱えて戻ってきた。相変わらず緊張しているふうはない。品物とカードを受け取って、かわりに次のカードと金を渡す。

「今度はコンタックスだよ。グラハム・コットン」

「イエー」

ハチ公はお時にウインクをし、夜の女たちが敬意をこめて言う口ぶりを真似た。

「オ時ネーサン、今晩ハ」

「分け前もらったらおいで。可愛がってやるよ」

滅相もない、というふうにハチ公は首を振った。

「ノー、アムールパパサンニ殴ラレルネ。ケイコニモ殴ラレルネ」

「あんたのそのいい女、こっちに連れといで。稼がせてやるから」

「ノー、ノー。ハチ公、兵隊イヤ。ケイコト兵隊トヤルノ、イヤダヨ」

ハチ公はそう言うと、飄々《ひょうひょう》とした足どりで去って行った。

事は順調に運んだ。

廃墟の人ごみに紛れて大儲《もう》けをもくろむ若者たちに加担しながら、真次はいつしか夢中になっていた。

アムールのトラックの運転席はドルで溢《あふ》れ、この時代にはおそらく黄金の塊にも匹敵する最新型のカメラが、ぴかぴかの革ケースに入って並べられた。

「あと一台だな。どうだい、熱海か箱根にでもドライブして、ゆっくりゼニ勘定しようぜ。お時も連れて行くか――いや、来ねえな、あいつ。変わり者だから」

いったいアムールはきょう一日でどのくらいの利益を得るのだろうか。まったく見当のつけようはないが、大口のドル売りにサービスする一箱のキャメルさえ、大の男が目を丸くして押し戴《いただ》く時代である。四台の舶来カメラなど、値のつけようもないほどの貴重品だろう。それを日本人が買えるはずのない国際価格で手に入れ、なおかつ車の中はドルで溢れ返っている。

円の値打ちが毎日底なしに下がって行くインフレの中で、このドルも黄金に匹敵する。

最後の軍資金を受け取って四丁目の交叉点を渡ったとき、カービン銃を提げた一隊のMPとすれちがって、真次はひやりとした。

あわてて路地を曲がり、お時とハチ公にそのことを告げたが、二人はべつだん愕くふうもなかった。

「店じまいのときはいつも来るのさ。だからって何をするわけじゃないんだ。ハチ公、急ぎな。ハバ、ハバ、店がしまっちまうよ」

ハチ公は真次の手からカードとドルをもぎ取ると、PXに向かって走った。

真次とお時は腕を組みながら、松屋の斜向いの路上に立った。

「仕事がすんだら、熱海か箱根までドライブしようって。君も行かないかって、アムールが言ってた」

「本気なものかね。芸者あげて遊ぶところに、何であたしを連れて行くもんか」

閉店時刻を報せる音楽が流れて、松屋からおびただしい米兵と、その家族たちが吐きだされてきた。

屈強なMPが二人、玄関の両側に立っているのだが、確かに何をするというわけでもない。

真次とお時は長い間、銀行の鎧戸《よろいど》に身を寄せて恋人同士を装っていた。

「遅いな……」

真次は不安になった。ショーウインドウの火が消え、玄関から出てくる客もまばらになった。

「これじゃ目立っちまうね。ハチのやつ何やってるんだろう。名前でも忘れたか」

お時の言葉に、真次はどきりとした。時間に追われて、カードの名前を復唱させなかったのだ。そしてその名前は――こうして考えても思い出せぬほどの、あの国籍不明の長たらしい上等兵の名だ。

「名前を忘れると、まずいのか？」

「そりゃそうさ。金とカードを渡して、売り子に注文するだろ。するとしばらくしてから名前を呼ばれるのさ。そのときぼんやりしていたら怪しまれる――何て名前だったの？」

「それが、思い出せないんだ。ミドルネームはジョン。そうだ、ジョン・ローゼンタール。ファースト・ネームも付いてたな。クシ……クシシュトフ？　ちがったか、クシシュトフ・ジョン・ローゼンタールだったか……」

お時はいまいましげに舌打ちをした。

「あいつ、ドジ踏んだな。呼ばれても気付かなくて、逆に名前を訊かれたか」

言い終わらぬうちに、お時はいきなり真次の腕を摑んで歩き出した。

「見るんじゃない。見ちゃだめ。前を向いて」

肩越しに振り返って真次の見たものは、両腕をMPに摑まれてPXから引き出されてくるハチ公の姿だった。

ジープに押しこめられるとき、ハチ公はすがるような目で真次を見つめた。MPが視線を追って、共犯者を探し始めた。

逃げ出そうとする真次の腕を、お時は引き寄せた。

「だめ、ゆっくり歩いて。振り向いちゃだめよ。笑って」

警笛を吹き鳴らしながら、MPが通りを渡ってきた。

とたんにお時は、真次の首にかじりついて、激しく唇を吸った。

MPは間近まで来て立ち止まり、警笛のかわりに口笛を吹いて、引き返して行った。ジープが去ってしまうまで、お時は真次の唇を放さなかった。

人々のあざける声が過ぎて行った。

不測の事態におののく心の別の部分で、真次はお時の唇の感触に酔っていた。

枯葉のように乾ききり、子供のそれのように薄く小さな唇。ためらいがちに絡められる舌の動き――それらの印象が、慣れ親しんだ恋人のもののように感じられるのはなぜだろう。

真次は確かめるようにお時のうなじを抱いた。

と、ふいにお時は真次の胸を突き放した。手の甲で唇を拭《ぬぐ》うお時の顔は青ざめていた。

「あんた、誰なのよ」

お時は慄えながら後ずさり、立ちすくむ真次の顔を気味悪そうにまじまじと見つめてから、身を翻して人ごみに紛れ入った。

13

真次が我に返ったのは、東銀座の階段の踊り場だった。

計画の挫折《ざせつ》を伝えるやいなや、アムールはドル買いの店をたたんでトラックに飛び乗った。

真次はいったん闇市《やみいち》の雑踏に紛れ入り、浮浪者に導かれて出てきた地下鉄の入口から、漆黒《しっこく》の闇の中に駆けこんだ。手探りで階段の中途に腰を下ろし、膝《ひざ》を抱えて息を入れていると、心地よい目まいとともに足元の潮が引いた。頭上の喧噪《けんそう》が遠ざかり、地下道の物音が近付いてきた。

ともかく無事だったと真次は安堵《あんど》した。

「あれ、どうしたの。まだそこにいたんか」

地下道の住人が段ボールの屋根を押しあけて、ふしぎそうに真次を見た。

「あんたも変わった人だな。さっきのじじい、頭おかしかったろう。どこへ連れてったの」

「三原橋の交番さ。すっかり毒気に当たって、気分が悪くなった」

真次はとっさに嘘《うそ》をついた。

「ふうん。臭かったもんなあ。不潔なのは良くねえ。なんたって俺たちゃ体が資本だからな」

男は世界中の空気を呑《の》みこむような大あくびをすると、屋根を閉めた。

「おやすみ」

「ああ、おやすみ」、とくぐもった声が家の中から返ってきた。

「あんたも妙な気を起こすなよ。うちへ帰れよな。一週間帰らねえと、道順わすれるぞ」

真次はぼんやりと男の言葉を反芻《はんすう》しながら地下道を歩き出した。

四丁目の改札口で路線図を見上げる。メトロ・ネットワークは余す所なく頭に入っているのだが、時おりそうして行動の予定を決めるのが、長い間の習慣になっている。

今日は家に帰ろう。疲れ切った顔を見たら家族は心配するだろうが、ともかくゆっくりと眠りたい。

その前に、アムールと再会したことをみち子に伝えておこう。休みの日にもほとんど家を空けることのないみち子は留守だった。呼音は長く続き、留守番電話のメッセージも聴こえてはこなかった。

土曜の夜の銀座線はすいていた。

ステンレス製の新型車両に入れかわっても、この古い地下鉄の中に漂う都市の哀愁は変わらない。まるで七十年前の風や、人々の呼気が今も澱《よど》んでいるようだ。

地上を走る電車や、他の地下鉄に比べて、銀座線の何もかもがミニチュアのように小さく感じられるのはなぜだろう。

パンタグラフを持たず、線路の脇に付けられた第三軌条《サードレール》から集電するという、旧式のメカニズムのせいだろうか。トンネルの高さはボディの身長だけで足りるし、車幅はサードレールの分だけ狭くなる。

そしてたぶん——この小ささが少しも不自由でないほど、七十年前の人々は小さな体をしていたのにちがいない。

そう言えば神田駅のJR乗換口の階段や、浅草駅の東武口の通路は、ふしぎなくらい狭く、天井が低い。少し大柄の男なら首をすくめなければ通り抜けられないほどだ。

　今では「頭上注意」の貼紙《はりがみ》とともに保護ラバーが張りめぐらされているが、昭和の初めにはその天井につかえるほどの身丈が、ひとりもいなかったのだろうか。

　喪われた時代の哀しみと安らぎは、永久にこの小さな地下の世界に封じこめられている。

　これはサブウェイでも、アンダーグラウンドでも、メトロでもない。昭和二年からまっすぐに東京の闇を駆け抜けてきた「地下鉄」なのだと、真次は思った。(ちかてつ)、と胸の中に平仮名で書くと、おとぎ話のマッチのように哀しく暖かい灯が心にともった。

　黄色い旧型車両が退役したのは、つい先ごろのことである。電車はどれも長命だが、たぶん退役直前のそれは、日本で最も長い時間働き続けた車両のひとつだったにちがいない。何度もペンキを塗り重ねられた壁やボディはでこぼこで、サードレールはカーブのたびに、甲高い神経的な悲鳴を上げたものだった。

　そして時おり、たぶん集電システムの接触の関係なのだろうが、車内の蛍光灯がいっせいに消えることがあった。すると間髪を入れずに、ドアの脇に取りつけられた小さな補助灯が点灯した。ひと駅の間に、そうして何度もドラマチックな光と闇とを体験できる、小さな、年老いた車両だった。

ステンレス車の明るい照明の下で、真次は懐しくそんな昔の地下鉄を思い出した。

と、そのとき突然――サードレールが激しく叫ぶと、照明が消えた。

ドアにもたれたまま、真次は愕《おどろ》いて真っ暗な車内を見渡した。

補助灯をともしたまま、地下鉄はほの暗い新橋駅のホームにすべりこんだ。

「ああ」、と真次は声を上げた。

そこは茶色の煉瓦《れんが》を積み上げた、古い時代の駅である。「新橋」と右から書かれた看板の下に、飴《あめ》色の木のベンチが置かれていた。

ホームはぼんやりとした、温かな光に包まれている。

「しんばしい、しんばしい。省線は乗り換えでえす」

紺色の上衣を着、帽子の顎紐《あごひも》をかけた女の駅員が、赤茶色のメガホンを首からかけてホームを走って行く。無器用な感じでドアが開いた。風が唸《うな》っていた。

車内には何人かの人々――ひっつめ髪の婦人や、「公用」と書かれた腕章を巻いた兵隊や、角帽を冠った大学生や、もんぺに防空頭巾《ずきん》の娘が乗っていた。

地下鉄はまるで息を整えるように、モーターの音を高鳴らせて停車していた。

「おおい、待ってくれ、待ってくれ！」

風呂敷包みを抱えた国民服の若者が階段を駆け下りてきた。走りながら斜めにかけた白だすきをはずし、ポケットからもどかしげに小銭を取り出すと、若者は切符を確かめながらホームに駆けこんだ。

「発車しまあす。お早く願いまあす」

女の駅員は迷惑そうに言った。

「これ、青山一丁目、行きますか。入営なんだけど、青山の一連隊なんだけど」

「いいから早く乗らんか！」

と、駅員のかわりに公用の兵隊が叱《しか》るように言った。若者は姿勢を正して、垢抜《あかぬ》けぬ敬礼をした。

アムールだ――。

真次の胸は高鳴った。

時代は変わっている。闇市の時代をさらに遡《さかのぼ》った地下鉄の中なのだ。アムールの顔はとっさにそうとわからぬほど若かった。

「敬礼などいいから早く乗らんか、人の迷惑も考えろ」

兵隊はもういちど叱りつけると、バネじかけの吊《つ》り手を握ってそっぽうを向いてしまった。

アムールが乗りこむのを待って、ドアはごろりと閉まった。

「あれ、地下鉄もタダだったかな。省線がタダなんだから――二十銭、損しちまったか」

真次と並んで立つと、アムールはそう言ってはにかむように笑った。闇市で見た油断のならぬ印象はどこにもなかった。

「ただ、って？」

真次は向き合って訊《たず》ねた。

「入営なんですよ。だから省線はタダだけど――あわてて金払っちまった。返してくれっかな。ま、いいや」

古い新橋駅のホームが、ゆっくりとドアの外を動き出した。

「入営、ですか……」

へい、とアムールは真次の身なりをしげしげと見た。

「歩いてもわけないんですけどね。でも、これで乗りおさめかもしれねえし、地下鉄の入口にのぼりをおっ立てて万歳するのも、乙《おつ》なもんでしょ。江戸ッ子らしくていいや」

相変わらず――という言い方はこの際適当ではないのだが、相変わらず気のいい若者だ。

アムールが真次を知るはずはない。もちろんこの先に待ち受けている運命も、アムールという自分の仇名《あだな》も。

「満州へ、行くんだね」

アムールは、エッと声を上げて愕いた。

「満州って……旦那《だんな》さん、お役人？」

「いや、そういうわけじゃないけど。ちょっとそんな気がしたんだ」

「なあんだ。ああ、びっくりした。軍の機密を知ってる人かと思った。満州、満州。それならいいか。内地ならなおいいけど。ヒリッピンや南方じゃたまらねえ――いや、やっぱ良かねえ。内地がいいや。つるかめ、つるかめ」

地下鉄は速度を上げ、薄暗い車内灯が瞬《また》き始めた。アムールはポケットから何やら白い布きれを出し、胸の前で開いた。縫いこまれたコインを、愛おしげに指先でさぐる。

「死線を越えて五銭、苦戦を越えて十銭か。泣かせるじゃないですか。俺が出征するってんで、女工さんが町に出てね、千人針こさえてくれたんです。いい子だなあ、生きて帰れたら嫁にしてやるか」

「君は生きて帰れるよ。死にはしない」

点滅する光の中の童顔が、にこりと笑った。

「ありがてえ。だがここだけの話、南方に持ってかれたら玉砕だって、みんな言ってます」

アムールは公用の兵隊の背中をちらりと振り返って、真次の耳元で訊ねた。

「ねえ旦那さん。一連隊はヒリッピンのルソンにいるって、本当ですか。だったら俺は補充兵で持ってかれるかもしれねえんだ。さっき満州って言ったのは、麻布の三連隊のまちがいじゃないですか。もっとも、みんな噂《うわさ》だけど」

「大丈夫。ともかく君は満州に行く」

「旦那、易者さん？」

「そうじゃない。君の顔にそう書いてあるんだ。満州に行って、ちょっとは苦労するけど、きっと無事で帰ってくる。安心しなさい」

アムールは予言を嚙《か》みしめるように、じっと真次の顔を見つめた。と、たちまち微笑が吹き消えたと見る間に口元が歪《ゆが》み、下瞼《したまぶた》に涙がうかんだ。

「おいおい、しっかりしろよ。どうしたんだ」

「だってよ……見ず知らずの人に、そんなやさしいこと言われてよ。俺、そういうのに馴れてねえから。いいことなんかひとつもなかったし、ガキの頃からずっと働きづめに働いて、ようやく一人前に旋盤を回せるようになったと思や、このザマだ。こ
れで死んだらよ……いってえ何のために生まれてきたんだかわからねえって、赤紙も
らってから俺、くやしくって、情けなくって……」
真次はなだめるようにアムールの肩を叩《たた》いた。他の乗客を気にしながら袖《そで》で涙をこ
すって、アムールは暗い窓の外を見た。
「職工さんたちはよ、俺のことをメトロって呼ぶんです。おかしいだろ。休みのたん
びに地下鉄に乗っててっから。小僧のころだって、しょっちゅう銀座や新橋の改札には
りついて、地下鉄を見てたんだ」
「メトロか。いい仇名だな。でも、敵性語じゃないのか」
「知るかよ、そんなこと。でもなあ――」
と、アムールは口ごもり、ガラスの中で視線をそらした。
「笑わねえでおくれよ、旦那。本当は俺、地下鉄に乗るの、これが初めてなんだ」
「へえ、どうして？」
「どうしてって、高えから。だって二十銭だろ。二十銭あれァうめえものが食える
し、おやじの小遣いにもなるもの。見栄はってたんだよ。浅草まで歩って行って、今

日もメトロに乗ってきたって」

「どうだね、感想は」

真次はアムールと顔を並べて、闇の底を覗《のぞ》きこんだ。

「お笑いだぜ。みんな知ってやがんの。社長がバラしたんだ。だから今日はみんなして新橋まで送ってくれて、青山一丁目まで乗ってけって。俺ァもう嬉《うれ》しいやらはずかしいやら」

アムールは泣きながら笑い、それから少年のように両手を頬に添えて窓の外を見た。

「でも……暗えんだなあ……うるせえんだなあ……俺、ガキの頃からずっと、こんなものにあこがれてたんか」

アムールはむしり取るように帽子を脱ぐと、坊主頭の額でごつごつとガラスを叩いた。

地上はすでに焼け野原なのかもしれない。廃墟《はいきよ》にぽっかりと口を開けた階段。万歳と手旗に送られて歩みこんで行く若者の後ろ姿を想像して、真次は胸を詰まらせた。

「暗えんだなあ……」

アムールはもういちど、しみじみと呟《つぶや》いた。

虎ノ門も赤坂見附も、わずかな客が乗り降りするきりだった。

「旦那さん、どこまで行くの?」

「表参道で乗り換えて——いや、渋谷から玉電に乗る。家に帰るところだ」

「家族は、いるんですか?」

「ああ。おふくろと女房と、子供が二人。中学生と小学生」

「中学かあ、おぼっちゃまだな。やっぱ学校を出なくちゃだめだな、これからは」

しばらく物思いにふけってから、アムールは気が付いたようにもういちど訊ねた。

「旦那。俺、ほんとに生きて帰れますか?」

「ああ、帰れるとも。それからの人生を、軍隊で考えてくればいい」

「何だか嬉しいな。ねえ旦那、俺ね、ひとつだけ決めてることがあるんだ」

「へえ、何だろうね」

「笑いなさんなよ」

「笑わないさ」

「ぜったい、笑いなさんなよ」

アムールはガラスに額を預けたまま、それだけは誰かに言い置いておかねばならぬとでもいうふうに、力強く声をしぼった。

「生きて、帰って、あいつを嫁にもらったら、ガキを作るんだ。俺がこの先できることなんて、もう、知れてっから、ガキどもは、みんな中学に行かせて、高等学校も、大学も行かせて、俺がやりたかったことを、みんな、やってもらうんだ。長男坊は、学者だ。エジソンみてえな、発明家にして――」

真次は背筋を凍らせ、思わず若者の肩を握りしめた。

「そいで、次男坊は、お堅い勤め人。末ッ子は、たいがいデキが悪いから、ずっとそばに置いて、親孝行させる、ってのー―」

サードレールが言葉を被うように激しく軋《きし》んだ。真次はアムールの国民服のポケットから、白ダスキを奪い取った。

「何だよ、旦那。そんなもの」

明滅する補助灯の光の中に真次が見たものは、「祝出征　小沼佐吉君」と書かれた筆の跡だった。

「もう用はねえんだ。持ってってどこかに捨ててくれ――どうしたの、旦那さん」

地下鉄は静まり返った青山一丁目のホームにすべりこんだ。

タスキを手の中でもみしだきながら、真次は咽《のど》にからみつく言葉をようやく声にした。

「君は、大金持ちになる。銀座にも、マンハッタンにも大きなビルを建てて……」

地下鉄は前後に大きく揺れて止まった。

「もういいよ、旦那さん。ありがとう、元気が出たみてえだ」

アムールは元の笑顔に返ると、ホームに降りた。少しおどけて回れ右をし、彼の遺言を聞いてくれた行きずりの男に向かって、不恰好《ぶかっこう》な敬礼をした。

「ありがとう、旦那さん。もうこれでいいんだ。それじゃ、小沼二等兵、お国のために行ってきます」

言葉はもう何ひとつ声にはならなかった。二人の間を断ち切るようにドアが閉まり、地下鉄がゆっくりと動き出すと、真次はよろめきながら車両の中を走った。

アムールは敬礼をしたまま、地下鉄を見送っている。遠ざかって行く青山一丁目のホームに向かって、真次は両手を挙げ、大声で叫んだ。

「万歳！　バンザイ！　小沼佐吉君、万歳！」

再び暗転した車両の中で、真次は頭を抱えてうずくまった。

目を上げると、そこはいつもと変わらぬ地下鉄の中だった。車内放送が表参道駅を告げた。おびただしい中吊り広告がすきま風にそよいでいた。

闇市のアムールは、どうして自分が小沼佐吉だと名乗らなかったのだろう。

真次やみち子の現われ方が、あまりに唐突だったからだろうか。いきなり見知らぬ人間に自分の所在を尋ねられてとまどいながら、アムールは真次とみち子の正体を探っていたのかもしれない。

わずかな間にまったくその相を改めるほどの労苦を、彼は経験したにちがいなかった。

昆虫がいくども殻を破って異形を現わすように、若者の目は獲物を狙《ねら》う猛禽《もうきん》類のそれになり、顔からあらゆる感情は消え、体は鋼のように厚い、獣の筋肉に鎧《よろ》われて行ったのだ。

乗換駅のベンチに座って背を丸めたまま、真次は長いこと父の人生について考えた。

14

母は四畳半の自室にこもったまま、低い声で題目を唱え続けている。

真夜中の洗濯をおえて、妻は「よいしょ」と真次の対《むか》いに座った。膳《ぜん》を拭《ふ》きながら夫の表情を盗み見る。

やがて小さな咳払《せきばら》いをしてから、用意していた言葉を妻は切り出した。

「私は、今のままでいいのよ。無理はしないでね」

考え続け、選び抜いた末の言葉に聞こえた。

「おまえひとりの問題じゃなかろう」

「ゆうべ、おかあさんとも話したの。このままの方がいいねって。縁起でもない話だけど、仮に中野のおとうさんに万一のことがあっても、私たちは何ももらうのはよそう、って」

「勝手に決めるなよ。おまえとおふくろだけが苦労したわけじゃないんだ。子供らだって圭三のところに比べりゃ着る物も食う物もちがうんだぞ」

言いながら、何という下品な言い方だろうと真次は思った。まるで父が自分の口を借りてそう言ったようだ。

「でも、うちの子の方が幸せよ。まがりなりにもふた親が揃《そろ》ってるんだし」

妻は病人に語りかけるように、言葉を選んでいる。

「おかあさんもね」、と妻は歪《ゆが》んだ襖《ふすま》を振り返って、声をひそめた。

「こんなこと言ってらしたわ。向こうの女の人も苦労したんでしょうって」

「何が苦労なものか。大臣の娘だか何だか知らんが、子供を捨てて実家に帰るような嫁に苦労を語る資格はない」

「そうじゃなくって、頼子さんのことよ。おとうさんとは齢も離れていたし、お子さんもできなかったし」

母と入れ替わりに家に入った後妻の名は禁忌だった。妻はよほど肚《はら》を据えて真次のすさんだ心をなだめようとしているにちがいない。

「何だかんだ言ったって妾《めかけ》が正妻に昇格したことに変わりはないんだ。今さらそんなことを言い出すなんて、ボケたんじゃないか、おふくろ」

母に聞こえよがしの真次の声を被うように、妻は音を立てて膳を片付け始めた。

疲れ果てて帰宅した真次を、妻も母も子供らさえも、腫《は》れ物に触るように迎えた。おとついの不可解な出来事に続いて、きのう連絡もせずに家をあけたことが、家族をひどく臆病にさせている。

「欲があるから、あなたも余分な苦労をするんだと思うの。もう、このままでいいよ」

「圭三とも縁を切れってことか」

「そうは言ってないわ……ただね、あなたがはっきりしないから圭三さんも頼ってくるんだと思うの。圭ちゃん、おとなしいし、いつかあなたが力を貸してくれるって思ってるから」

早くに両親を亡くした妻は、十七で真次と同棲《どうせい》し、十九で籍を入れた。若い夫の複雑な事情を知ったのはそのときである。文字通り三界に家のない嫁とはいえ、得体の知れぬ母子と暮らし始めることは勇気が要ったはずである。

しかもそのころ、まだ高校生だった圭三が継母《ままはは》とそりが合わず、しばしばアパートに居《い》候《そうろう》していた。

三軒茶屋の古アパートの、息のつまるような夕餉《ゆうげ》を、真次は苦々しく思い出した。

「つまり、あいつは逃げ遅れた」

妻は真次を睨《にら》みつけた。

「そんな言い方ないでしょう。まるで弱い者いじめじゃない」

「弱い者いじめ？　――圭三が弱い者か。世界のコヌマ・グループの二代目がか？」

「そうよ。逃げ出したかったのは圭ちゃんも同じよ。お兄さんが亡くなって、あなたが家出して、お母さんまで出て行って。自分まで出てったらおとうさんがひとりぼっちになるから、圭ちゃんは辛抱したのよ。それを、逃げ遅れたは、ないんじゃない」

妻は気色ばんで、真次の手からウイスキー瓶を取り上げた。

「私はね、親も兄弟もないから、圭ちゃんの気持ちは良くわかるの。あのころ、学校の帰りにうちに来るとき、圭ちゃんが小さな声で『ただいま』って言ってたの、あなた気付いてなかったでしょう」

「――ただいま、か。そいつはいい。あいつらしいエピソードじゃないか」

「ちっとも良くないわ。それをあなた、いつだっていやな顔をして、狭いんだからもう帰れ、って」

「親まで抱えた新婚所帯に泊まりこんでるあいつの方が無神経なんだ。世間知らずにもほどがある」

「あなた、会社から帰ってきたとたんに、どなりつけたことがあったでしょう。忘れた？」

「いや、覚えてるさ。あのときはな、圭三のやつおふくろに小遣いを渡したんだ。俺の身にもなってみろ、怒るのは当たり前さ」

妻はうんざりとしたように、深い溜《た》め息をついた。

「だからって、お金を投げ返して、もう二度と来るな、おまえの顔なんか見たくもない、なんて。ひどすぎるよ、あなた。勝手に圭ちゃんを放っぽらかしてきて、勝手におまえは敵だって言ってるようなものじゃないの。ずっとそうじゃない」

妻は襖《ふすま》ごしに母をも責めている。真次は目配せをした。

「私ね、あのとき思ったの。あなたって、おとうさんとそっくりなんじゃないかって。他人なんかどうだっていい、自分さえ良ければいいんだって」

「おまえ、おやじなんか知らないじゃないか。新聞やテレビでしか見たことないのに、偉そうなことを言うなよ」

「一緒に住んでるみたいなものだわ」

真次を睨みながら、妻はきっぱりと言った。

「あの日ね、圭ちゃんを三軒茶屋の停留所まで送って行って――交叉点の信号で、圭ちゃんベソかいて立ち止まっちゃったのよ。私に頭を下げて、こう言ったの。――。

おやじに頼んで、みんな籍を抜いてもらうから、慰謝料なんかもちゃんと出させるから、僕もあにきみたいに働くから、そしたらねえさん、僕も一緒に暮らさせてくれって」

「――バカじゃないか、あいつ」

「誰がバカよ。圭ちゃんがバカなら、あなたもおとうさんも、おかあさんもみんなバカよ。圭ちゃんたら、学生カバンかかえて不動産屋の店先にうずくまって、ねえさん、三部屋あればいいよねって。圭ちゃんは――家を探していたのよ。小さな背中を見ながら、私は泣いちゃった。ごめんね、圭ちゃんって言うしかなかったもの」

「他人のおまえがあやまることないじゃないか」

妻は口ごもり、蔑《さげす》むように真次を見た。

「他人だから、あやまるのよ」

真次はその日、圭三を送って帰ってきた妻が、唐突に別れ話を口にしたことをありありと思い出した。妻が別れ話を言ったのは後にも先にもその一度きりである。愕いてなだめたり叱ったりする真次と母に、妻は泣くばかりで決して理由を語ろうとはしなかった。

「圭ちゃん、あのころ息もできないぐらい辛かったのよ」

「だが、あいつは何年もたたぬうちに、おふくろの失踪届《しっそう》を出した。勝手におふくろを除籍して、頼子を自分の母親にしたんだ。それも、相変わらず知らん顔でうちに遊びに来ていながら、裏ではこっそりそんな勝手なまねをしていたんだ」

「それはおとうさんの命令よ。圭ちゃんが望んでいたことじゃないわ」

「あいつは、誰とも争うことのできないコウモリなんだ。だからおやじの言いなりになって、自分の将来とひきかえにおふくろを売った」

そんなはずはないと思いながら、真次は意地を張った。妻の言うことの正しさはわかりきっていた。

「あなたは執念ぶかいのよ。それもおとうさん譲りかもしれないけど。自分の言っていることが矛盾だらけなのに、気が付かないの？　私には、いまだにあなたが圭ちゃんをいじめ続けているとしか思えない」

「矛盾なんかないさ。俺は圭三から金をもらおうなんて思っちゃいない」

「だからそれでいいじゃない。今さらごたごたして、苦労することなんかないのよ」

「もめる気なんかないさ。そうだよ、このままでいいんだ」

「だったら酔っ払って圭ちゃんの家のまわりをうろうろしたりしないでよ。あげくの果てにおかあさんに変な電話して、三十年前にタイムスリップしたんですってね。言うにこと欠いて、冗談にもほどがあるわ。ゆうべはどこで反省してたの」

母の題目が止んで、妻は口をつぐんだ。

仏壇がとざされ、襖一枚を隔てて母の身じろぐ気配がした。

「セッちゃん、もう寝ようよ。もういいから。真次を責めないで」

母は力なく言った。題目を唱えながら、母は夫婦の言い争いに加わっていたにちがいない。

「おとうさんのお見舞い、どうするの？」

卓を押しやって蒲団《ふとん》を敷きながら、妻は思いついたように訊ねた。

「良くないらしい」

答えになっているだろうか、と真次は思った。

「おまえもいっぺん会っておくか。どんな人間か見ておくのも悪くはあるまい」

「やめておくわ」

妻ははっきりと意志を持って言った。

もし妻が仮に中野の家に入っていたとしたら、父はこの気丈な嫁を信頼し、わが子のように愛したのではないかと、ふと思った。

文句を言い合いながらも、夫婦は二十年間ひとつの夜具に寝ている。

灯りを消してから、真次は枕元の襖に指を入れて母を呼んだ。

「かあさん、寝たの？」

まだ寝入ってはいるまいが、母は答えなかった。豆電球の下で膝を抱くように丸まった母の寝姿は、子供のように小さかった。

——その夜、真次はおそろしい夢を見た。

眠気が来たと思う間に妻の背が闇の中に遠ざかり、暗い港の引潮に乗って、真次の体は遥《はる》かな沖に向かって流されて行った。

真次がうずくまっていたのは、激しい雨の中である。

あたりは真っ黒な闇で、おびただしい人の気配はするのだが、姿は見えない。

土砂ぶりの雨の中をしばらく手探りで歩き回って、そこが身の丈ほどもある溝の底であると知った。

はい上がろうとした指先に、鋭い鉄条網が触れた。両手の幅ほどの砂地の溝に、ぎっしりと人がうずくまっている。

闇を揺るがせて砲声が轟《とどろ》き、頭上に光の尾を曳《ひ》いて弾丸が飛んで行った。

ここは戦場だと思ったとたん、真次はあわてて尻をつねり、額を砂の壁に打ちつけて目覚めようとした。

「どけ、どけ！」

と叫びながら、男が滑り落ちて来た。

「ちっきしょう。まっすぐにこっちに向かって来やがる。戦車のうしろに歩兵がうじゃうじゃいるんだ。かたっぱしから塹壕《ざんごう》をつぶしてる。手を上げたって、女子供だってお構いなしだ」

銃声と爆発音の合間に、あちこちから悲鳴が聴こえて、真次は鳥肌立った。

「このままじゃ、やられちまう」

斥候《せっこう》に出た兵隊であるらしい。壕の中は恐怖と絶望で声もなかった。真次に寄りかかって息を入れる兵隊の濡《ぬ》れた背中も、小鳥のように慄《ふる》えていた。

「降参した者も、ですか」

思いがけぬほど近くで、民間人らしい男の声がした。

「ああ、出て行ったやつは機関銃でなぎ倒されて、壕の中には手榴弾《てりゅうだん》を放りこまれてる」

雨音の中に、間断なく地響きが轟く。

「ここは、どのあたりなんです？　チチハルはまだ先ですか」

民間人らしい男の声が言った。

「そんなに遠くはねえと思うけど——チチハルまでたどり着けば、日本軍がいるんだが」

「チチハルからも、もう転進してしまったんじゃないですか」

男の声は兵隊を責めているふうではなかった。

「そんなことはねえ。チチハルには軍司令部があるんだから」

「しかし、軍は私らを追い越して南へ南へと退がるばかりじゃありませんか。女子供にだって見向きもせずに」

「見向いているじゃねえか、ひとりだけだけど」

兵隊は銃剣の先で、カツンと鉄甲の庇《ひさし》を叩いた。粗野な口ぶりだが、声は落ちついている。平静を装うことで、周囲にひしめく避難民たちをなだめているようでもあった。

「——あなたは、立派な方ですね」

興奮を押しとどめて、男の声がしみじみと言った。

「よせやい、先生。野グソ垂れてたら追いてけぼりになっただけだ」

「いや、あなたはひとりだけ引き返してきて下すった」

「たいそうなこっちゃねえ。将校に命令されて死ぬのなんてやだもんな。だったら女子供と一緒にあの世に行く方が、なんぼかマシだ」

「まったく、没法子《メイファーズ》ですな……」

万策尽きたというふうに、男が砂壁にもたれかかる気配がした。男はどうやらこの一群の引率者であるらしく、谷のあちこちから「先生」と呼びすがる声が聞こえた。

「ともかく三日三晩も私らにつきっきりで、ありがとうございました」

「やめろよ。もう終わりって決まったわけじゃねえ」

「お願いです。行って下さい。あなたひとりなら何とか逃げきれるかもしれない」

「冗談よせ。大の男が開拓団の女子供を捨てて逃げたとあっちゃ、たとえ生き残ったって一生いやな思いをすらあ」

激しく降りしぶく雨が、兵隊の鉄甲にはぜかえった。

真次は足元にうずくまる人々を手で探った。教員らしい男に寄り添って慄えているのは、大勢の子供だった。すすり泣く声は女ばかりであり、力なく励ます声はみな老人であるらしい。

関東軍の根こそぎ動員で男たちはことごとく召集され、開拓団には老人と女子供だけが残ったのだろう。突然のソ連軍の侵攻に、国民学校の教員が村人たちを連れて南へと逃げた。あろうことかそんな悲劇のさなかに、真次はすべりこんだのである。四方に遮《さえぎ》るものとてない、満州の草原だった。

「兵隊さん、せめてお名前だけでも」

「ふん。そんなもの、聞いてどうするんだい。一生忘れませんか、ハハッ、そりゃい——ま、冥土《めいど》のみやげってえこともあるか。コヌマ・サキチ。どうだ、豊田佐吉みてえに出世しそうな名前ェだろう。おかげで、名前負けだ」

真次は暗闇の中で顔を被った。

兵隊は寒さと恐怖に慄える声を、明るくつくろっていた。

「だが、おかしいなあ。俺ァ出征するとき、地下鉄の中で易者に言われたんだ。必ず生きて帰れるって。クソ、インチキ易者め、今度会ったらタダじゃおかねえところだが——もうそれもできねえか」

ふいに、高笑いをする兵隊の横顔が明るんだ。頭上に照明弾が撃ち上がった。

「伏せろ、動くな！」と兵隊は叫んだなり、砂壁をよじ登った。照明弾は落下傘をつけたままゆっくりと漂い、あたりは真昼のような明るさに染まった。

「野平先生！」

と、子供のひとりが教員の腰にすがりついた。真次はそのときはっきりと、幼な児たちを両手に抱き寄せて雨空を仰ぎ見る、壮年ののっぺいの姿を見たのだった。

　ぼろぼろの雨衣に水筒と雑嚢《ざつのう》をたすきがけにし、メガネを照明弾に赫《かがや》かせて、のっぺいは無念そうに唇を噛《か》みしめていた。

「それじゃお言葉に甘えて、俺ァ行くぜ」

　頭上の草むらに腹ばいのまま、兵隊は壕の中を覗きこんだ。

「ありがとうございました。どうぞご無事で……あのう、手榴弾《てりゅうだん》をひとつ、置いて行っていただけませんか」

「やだね」、と兵隊は意地悪く言った。

「どうあっても死にてえなら、ロスケの弾に当たって死ね。あんたも他人様に先生って呼ばれる身分じゃねえか、命を取られるまでは生きるんだってことを、ガキどもに教えてやれよ」

　地響きはキャタピラの軋《きし》みに変わった。死は確実に迫ってきた。兵隊は雨の中に目をしばたたいて地平を睨み、唇だけで言った。

「いいか、先生。明るいうちに俺はやつらを街道の方に引きつけるから、照明弾が消えたら東に向かって走れ。ひとりも置いてくんじゃねえぞ。この分じゃたしかにチチハルもあてにはならねえ。イチかバチかそこいらの村に逃げこむんだ。子供だけは救けてくれる」

兵隊は雑嚢をはずすと、のっぺいの胸元に投げた。

「乾パンが入っている。ちっとは足しになるだろう。じゃあな」

それだけを言い残してやおら立ち上がると、兵隊は弾幕の中を駆け出した。しばらく走って草むらに倒れこんだと思うと、仁王立ちにすっくと立ち上がって槓杆《こうかん》を引き、押し寄せる敵に向けて銃を撃った。

「オラアッ！　こっちだ、こっちだ、撃ってこい。てめえらの弾になんぞ当たってたまるかってんだ！」

たちまちおびただしい戦車の曳光弾《えいこうだん》が、真次の頭上を斜めに横切っていった。

「俺はな、てめえらみてえなシベリアの木こりとァちがうんだ。地下鉄に乗って、満州くんだりまで死にに来たんだ！」

真次は伸び上がって、光の消えかかる荒野を振り返った。散開して突進してくる何両かの戦車と歩兵は、扇を閉ざすようにひとつの標的に向かって走り出した。兵隊はまたしばらく走って腰だめに銃を撃った。轟音《ごうおん》の中でも、ふしぎと良く通る声だった。

「こっちだ！　撃ってこい！　俺様はな、毎日地下鉄食堂でライスカレーを食って、資生堂のパーラーでアイスクリームを食ってたんだ。くやしいかバカヤロー！」

戦車が砲塔をめぐらせ、大地を揺るがせて砲を撃った。兵隊は草むらを避けるように身をさらしながら、敵に向かって両手を振った。

「なにが王道楽土だ！　なにが五族協和だ！　俺ァ信じねえぞ、もう何も信じやしねえぞ！」

闇が来た。

のっぺいはそれを見計らって、人々を東に向かって追い立てた。

地隙の中をがむしゃらに走りながら、真次は知らぬまに幼児を両脇に抱えていた。銃声が次第に遠ざかり、戦車のキャタピラももとの地鳴りに変わったあたりで、一行は草原によじ登った。遥かな地平が、朱を流したように燃えていた。

最後の老婆を地上に抱き渡し、自らもにじり上がろうとしたとき、足場が崩れて真次は壕の底に転げ落ちた。

どこまでも滑り落ちて行く。潮の引くような快い砂の感触を背中に感じながら、どこまでも落ちて行った――。

15

朝のニュースが真次を揺り起こした。

〈――さきの贈収賄事件を捜査中の東京地方検察庁特捜部は、一連の事件の鍵《かぎ》を握っているとみられる小沼産業社長、小沼佐吉氏に対して臨床尋問を行なったことを明らかにしました。なお、東京医大付属病院に入院中の小沼氏は……〉

六畳の座敷には大きすぎる二十九インチのテレビが、マイクロフォンを払いのけながら本社に入って行く父の姿を大映しにしている。みごとな銀髪を耳のうしろにかき上げ、父は不愉快そうにメガネの奥の眉をひそめて、カメラを睨みつけている。秘書の掌がレンズを遮った。

いきなり目に飛びこんできたそんな映像よりも、蒲団の脇で窮屈そうに朝食を食べている家族の方が、真次にとっては異様に思えた。

「おじいちゃんたら、しょうがないねえ」

と、肩を落として茶をすすりながら母が言った。

「でも、おじいちゃんが悪いことをしたわけじゃないんでしょう。ワイロを渡した人を紹介したって。つまり、証人よね」

身内のことも他人のこともつかぬ調子で、中学生の娘が言う。

「悪いことに協力したんだから、悪いことじゃないか」

と、サッカーのユニホームを着たまま、小学生の息子が言った。

「やだなあ。私、学校で肩身せまいよ。おじいちゃん入院してるって、仮病かな。ねえ、おばあちゃん」

最近の父を知っているのは、中野の従兄弟たちと行き来のある子供らだけだ。しかし表情にはさして困ったふうもない。むしろ答えに窮しているのは、祖母の方だ。

「仮病じゃないよ。おじいちゃん、もう齢だもの」

息子がかばうように言った。

「おまえらが何をしたわけじゃないんだからな。堂々としていなさい」

と、蒲団から起き上がって、真次はシーツがぐっしょりと濡れていることに気付いた。

「寝汗かいちゃったな。飲みすぎだ」

寝汗ではない。これは満州の雨だと、真次は思った。

「うなされてたよ。びっくりしてみんな起きちゃった――ごちそうさま」

娘はジャージ姿のまま、スポーツバッグを持って立ち上がった。

「なんだ。日曜じゃないか」

「部活よ。うん、堂々とするのね、堂々と」

娘は薄い胸を反りかえらせて笑った。

子供らの明るい性格はいったい誰に似たのだろう。二人とも友だちの中ではいつも中心である。快活で、ユーモアに富んでいる。

自分より圭三の子供の時分に似ていると、母は言うが、実はそうではないらしいと、真次はうすうす気付いた。

子供らが出て行ってしまうと、母は狭い家の端から掃除機をかけ始めた。

「節子は？」

「スーパーの朝市。七時前に出かけたよ。日曜ぐらいゆっくりさせてあげたいけどねえ」

掃除機の音にせきたてられるように、真次は蒲団を畳んだ。夢の記憶は、おとついの闇市のそれと同様に遠のく気配はなかった。すべてはありありと心に残っていた。

「かあさん、また妙なことを言い出してすまないんだけど」

ありていに語ろうと思ったが、母の動揺を恐れて真次は言葉を呑《の》んだ。

「なあに？　また変な所に行っちゃったの。もうよしとくれよ、頭がどうかなっちゃうわ」

「いや、そういうわけじゃないんだけど――アムール、っていう名前、知ってるか？」

掃除機を止めると、母はべつだん愕くふうもなく答えた。

「アムールって、若いころのおとうさんの仇名よ。あれ、そんなこと話したっけか」

「きのう、会社へ行って圭三と会ったんだ。それで、おやじの話になってね」

「ああそう。圭ちゃんに聞いたの。立派な本社が建ったんだってねえ、日本橋のより大きいの？」

「較べものにならないさ。ほら、今さっきテレビで映ってたろう」

「へえ、あれが会社。ホテルかどこかだと思ったわ。アムールさんも偉くなったものだわねえ」

母の機嫌は良い。自分の見てきたことを、ひとつずつ確かめておこうと真次は思った。

「しかし、圭三はいろんなことを知っているな」

「そりゃそうよ。ずっとおとうさんと一緒なんだもの。人間、齢をとるとしゃべり出すからね」

「ドル買いのブローカーで大儲《もう》けしたそうじゃないか」

「あらやだ、そんなことまで。おとうさんも齢をとったのねえ。でも、やたら人に言うんじゃないよ、おとうさんの伝記には悪いことなんてひとつも書いてないんだから。闇ドル買いだの、PXの品物の横流しだの、それこそ週刊誌がとびつくわ」

「PXの横流し？」

「そうよ。闇ドルを買い集めて、それで脱走兵なんかをそそのかしてね、PXの品物を買ってこさせるわけ。それを、お酒でもタバコでも、闇市で高く売ってたの」

「カメラとかも売ったことがあるんだって」

母はエプロンで手を拭《ぬぐ》いながら、興に乗ったように真次の隣に座った。

「カメラ——ああ、そうそう。そんなこともあった。すごく儲かったって、お金を見せられたわ。そうよ、おとうさんあのころからよね、良くなったの。何とかいう舶来のカメラですよ」

「ライカとコンタックスだろう」

「ふうん。そんなことまで覚えているのかねえ。ま、売り買いした本人だから」

愕くよりも、真次はふしぎと心が浮き立った。きれいごとばかりの立志伝よりも、ずっと面白い。

「まあ、何たってお金儲けのうまい人だったからね。新宿のマーケットのはずれに、バクダンって毒みたいなお酒を飲ませるお店を持っていてね。もうおにいちゃんがお腹の中にいるころで、そこの二階に住んでたの。すごいんだよ、飛行機の燃料か何かをドラム缶ごと買って来てね、それを水で割って飲ませちゃうんだから」

「へたすりゃ目がつぶれたり、死んじまったりするやつだろう」

「そう。ひどい時代だったからねえ」

と言いながらも、母は懐かしげに微笑んだ。母にとっては、それなりに幸福な時代だったのかもしれない。

「俺、今まで聞いたことなかったんだけど、かあさんとおやじはどこで知り合ったの？」

母は照れるように窓の外を見た。

「工場《こうば》よ」

「工場？」

「汐留《しおどめ》にね、軍の下請けやってる鉄工所があったのよ。五月の空襲で焼けちゃったけど。おとうさんはそこの職工さんだったの。私は勤労奉仕で行っていた軍需工場が先に焼けちゃったんで、女学校のお友達と何人かでそこに回されたわけ」

父と母のなれそめを聞くのは初めてだった。急激に潤《うるお》った父母にとっては、誰に対しても醜い過去を語ることは禁忌だったのかもしれない。母もまた老いたのだと、真次は思った。

「かあさん、おやじが出征するとき、千人針を作ってやったろう」

「あらやだ」、と母は目をしばたたいた。

「つまり、惚《ほ》れてたってわけだ」

「ばかなこと言わないでよ。まじめで気のいい職工さんだったから、気の毒になっただけ。好きな人ならちゃんといたもの。あんなのじゃなくって」

「あんなの、はひどいな」

「軍需工場で一緒に働いてた、帝大の工科の学生さんでね。相思相愛」

「すみにおけないね、おふくろも。で、どうしたの、そのエリートは」

母はいかにも悪いことを思い出したというように溜め息を洩《も》らした。

「特攻隊を志願して、死んじゃったわ。あなたの写真だけを抱いて行きますって、最後の手紙に書いてあった。誠実で、優しくって、ハンサムな人だった」

父にあてつけるように、母はしみじみと言った。真次は話を引き戻した。

「そうだ、それで出征のとき、江戸ッ子らしく地下鉄で入営させようって、工場のみんなで新橋まで送って行ったんだってな」

「なにさ、知ってて聞かないでよ。やだねえ、何から何まで圭ちゃんにしゃべってるの――でもね、工場の社長さんがこう言ったのよ。あのころになっての現役じゃ、佐吉も生きて帰れないだろうって。おとうさん体が良かったから、甲種合格だったしね。青山の一連隊はヒリッピンだか沖縄だか、いずれ玉砕にちがいないところに行ってるって噂だったし」

「でも、おやじは満州に行った」

「そう。もちろん知らなかったわよ、私らは。兵隊がどこの外地に行ってるかなんて、軍の機密だもの。運の強い人なのね、どこでどうまくしたんだか、機械がいじくれて車の運転もできるからって、満州の部隊に行ったんだって。それで終戦のときは抑留もされずに、北京にいた兵隊さんたちにまざってすぐに復員してきちゃったのよ。要領がいいのは生まれつきね」

「運は強いけど――それほど要領のいい方じゃなかったよ」

断言した真次の言葉を聞いて、母は首をかしげた。

それ以上を語るとすべてを告白しなければならないような気がして、真次は立ち上がった。息子の食べ残したトーストをかじりながら身仕度をする。

「あら、出かけるの？」

「会社に行く。ちょっとやり残したことがあるんだ」

何だか仕事が山積みされているような気分だった。いったいどれから手をつけて良いものかと、真次は考えた。

出がけにもうひとつだけ思いついたことがある。長年の習慣で上がりがまちに座ったまま見送る母に、真次は訊ねた。

「ねえ、かあさん。お時って女のこと、知ってる？」

一瞬おし黙った母は、疑り深げに真次を見上げた。微笑は消え、まるで役者が大仰に作る表情のように、母の顔は暗澹《あんたん》とした。

「あんた……それ、圭ちゃんの言ったことじゃないだろう」

「知ってるの？」

「あんた、本当は圭ちゃんと話なんかしてないんだろう」

母はすがるように、真次の腕を摑んだ。

「知ってるのかって、訊《き》いてるんだ」

「あんた、きのうまたどこかへ行っちゃったんじゃないのかい。せんに見た映画みたいに、また変てこなことになっちゃったんだろう。おとうさん、そんなこと口がさけたって言うわけないもの」

「誰なんだよ、お時って」

母は真次の袖を放り出すと、立ち上がって少し後ずさった。

「おとうさんの女よ。銀座のパンスケを、ちょっとばかり金回りが良くなったからって、囲っちゃったんだよ」

「なんだ。そんなに怒ることないじゃないか。昔の話なんだし、おやじの女癖は一人に限ったことじゃあるまい」

「あの女は別よ」

母は身を翻して、逃げるように自室にこもってしまった。仏壇を開け、鉦《かね》をひとつ叩くと、母はくぐもった暗い声で言った。

「お見舞いに行って、おとうさんに聞いてみな。どんな顔をするか」

咳払いをすると、母は題目を唱え始めた。

昨夜の夢の話を語る相手は、みち子か岡村しかいない。

みち子の部屋に電話をしたが留守だった。胸騒ぎはもちろん嫉妬《しっと》ではない。きのうから向こうの世界に行ったまま、戻れずにいるのではないか、と思ったのだ。

岡村は出社していた。気の毒なほど働き者の岡村に休日はない。休みといえば正月の三ガ日くらいのもので、日曜も午後には会社に出て、帳面をつけたり車を磨いたりしている。

そうかといって、どうしても休みを返上しなければならないほど忙しい会社ではないのだから、働き者というよりむしろ、貧乏性とか苦労性とかいう類いだろう。

神田駅の低い天井も古い壁も、いつもとは違って見えた。地下鉄は七十年もの間、東京の闇を走り続けてきたのだと、真次は改めて考えた。

地下鉄ストアのがらんとした通路に、岡村の声が洩れ出ていた。新聞少年たちの兄貴分のころそのままの、野蛮で鷹揚《おうよう》な、愛すべき大声である。

立てつけの悪いドアを開けると、事務机を挟んで岡村と話し合っているのは、みち子だった。

まったく思いがけないやつが来た、というふうに二人は愕き、呆然《ぼうぜん》とした。

「うわあ、急に現われるなよ。話が佳境に入ってるんだから。ああ、びっくりした」

みち子の深刻な表情に、真次はおおよそのことを理解した。

きのう、みち子はまた向こうへ行ったのだ。夕方、銀座から電話を入れたときかもしれない。みち子はそのことを誰かに話さねばならず、そうかといって真次に電話をするわけにもいかないから、岡村に聞いてもらおうと日曜日の会社に出てきた。

二人が同じ床の中で見た新宿の闇市のことは、いったいどう説明しているのだろうと、真次にはその方が不安だった。

「それでね、さっきも言ったように、夜の夢の中の話は、小沼さんに電話をして聞いてもらったんです。そしたら同じ夢を見てたっていうから、もうびっくりですよ」

取ってつけたようにみち子は言い、たぶん事情を知っている岡村も、お義理で肯《うなず》いている。

「うん。その夢の話はわかった。ともかくわかった。で、きのうの昼間のことは――真次、おまえ聞いてるのか？」

岡村は言葉を選びながら真次に訊ねた。社員たちの前で「真次」と呼び捨てることはないのだが、みち子の口から途方もない話を聞いて相当に興奮しているのだろう。

「きのうのこと、って？」

「ああそれなら、小沼さんは知りません。電話をしたら、もう出かけた後で」

みち子はちらと目配せをして口を挟んだ。

「なんだよ、みっちゃん。また妙な夢でも見たのか？」

みち子はもういちど話を蒸《む》し返すことが苦痛であるというふうに、髪をかき上げて溜め息をついた。どうやら岡村にその話をしている最中に、真次がやって来たということらしい。

「いいよ、みっちゃん。もういちど最初から」

岡村はそう言って、茶を淹《い》れに立った。

みち子は吸いなれぬタバコを真次に求め、ひとくちふたくち吹かしてから、あわただしくもみ消した。

16

私、あんまり夢見が悪かったから、気分転換しようと思って家を出たんです。だってまたうつらうつらして、あの夢の続きを見たら怖いし。

それで、美術館に行って絵でも見ようかなって思ったんです。くさくさしたときって、よくそうするんです。暗い趣味だけど。

上野に行って、ゆっくり美術館を回って、ずいぶん気持ちも晴れて、ああやっぱりあれは夢だったんだって、ようやく思えるようになって。

山手線で帰れば良かったんだけど、地下鉄の方が乗り換えも便利だし、電車賃も安いし、それで上野駅の古いスロープを降りて行ったんです。

昔のまんまなんで、ちょっとビックリしたわ。この事務所ばかりじゃなくて、地下鉄ってすごく古いものがそのまま残っているんですね。

考えてみれば、そのスロープを降りて行ったころから、少し変になりはじめていたと思うの。何となく頭がぼんやりとして、そのくせとても気持ちの良い温もりに包まれて。そう、何だかおかあさんの体の中にいるみたいな感じ。

ホームのまんなかに、ふしぎなものがあったんです。

知ってます？　渋谷行のホームのまんなかへんに、ほんの少しばかりなんだけど、昔のままの古い壁が残っているんです。駅員さんに訊ねたら、昭和二年の開業の時の壁なんですって。

地下鉄の駅って、どこも長方形のタイルで内装しているでしょう。あれは開業当時に茶色いレンガのタイルを組み合わせて壁を作った、その名残《なごり》なんだそうです。

その古い壁は、何とも言えないすてきな色なの。クラシックで、温かみがあって、全部がそのタイルでできていた昔の地下鉄は、どんなにすてきだったんだろうって思ったわ。

時代とともに色彩とデザインの感覚は鈍くなって行くんだって、学校のころ教わったんだけど、その通りだなあってつくづく考えさせられた。

うっとりと見入っているうちに、何だか二メートル足らずの壁が、少しずつ広がって行くような気がしたんです。

そう——地下鉄の音に気付いて振り返った私は、クラシックなタイルで被われた、昔の上野駅のホームに立っていたんです。

黄色い旧式の地下鉄がゴトゴトとホームに入ってきて、それもたった一両だけ。変ですよね。私、愕くより、感動しちゃったんです。学生時代からずっと、モダニズムとかアールヌーボーとか、そういう昔のデザインにとても憧《あこが》れていたから。ファッションに限らず、昭和の初めのころのセンスってすばらしいんです。やわらかなパステルカラーを使って、何につけても曲線の美しさを強調して、かわいくって、やさしくって。

そんなロマンチックな風景って、今まで見たこともなかったわ。茶色い壁と木のベンチ。あたりはおぼろげな間接照明にぼんやりと包まれていて。

やってきた地下鉄は、とてもハンサムだった。山吹色のボディはたくましくて、チヨコレート色の帽子をきちんと冠っていて、誇り高い徽章《きしよう》のような丸いヘッドライトを灯《つ》けていた。右手には赤いテールランプ、左手には鋼鉄の蛇腹をたたんで持っているんです。真四角の窓や強情そうなドアには、びっしりと大きな鋲《びよう》が打たれていて――そう、余分な肉のひとつもない、鍛え上げられた男の体。そして彼は、決して笑わないの。

ちょっと近寄りがたい感じだった。声をかけても振り向いてくれない人。

彼の体の中に歩みこんで、私はいよいよとりこになった。だって外見はとっても無口で堅物なのに、その中身はソフトで、おしゃれで、やさしかったから。

完全なアールヌーボー、何ひとつとして動かしがたい、完璧《かんぺき》な美しさでした。ゆったりとアーチを描くクリーム色の天井を、木目の間接灯がほのかに照らし上げている。明るいベージュの床。グリーンのシート。透かし紋様のブランケットに並んだ琺瑯《ほうろう》の吊り手は、スプリングできちんと留められて、白い制服を着た儀仗兵《ぎじょうへい》みたいだった。ドアの把手《とって》さえも、精密なハート形の彫金なんです。

とりわけ美しいものは、間接照明が瞬くたびにドアの脇で灯る予備の電灯。それはピカピカに磨き上げられた真鍮《しんちゅう》のケースと、切子ガラスのグローブに被われていて、カーブを切るたびに華やかな金いろの光を灯すんです。

地下鉄に夢見ごこちで揺られながら、戦士の筋肉と詩人の心を持ったこの乗り物は、人間の造り出した一番美しい品物だろうって、そう思いました。

車内には昔の人が大勢乗っていました。まるでそうすることが、このすばらしい地下鉄の作法であるかのように、背筋をピンと伸ばし、黙って闇を見つめているんです。

私は銀座で降りました。何となく、昔の銀座を見ておきたかったから。昭和のはじめの、モガ・モボの時代のファッションが、私の卒業制作のテーマだったんです。でも、ホームから地下道に上がると、そこはまるで別世界のような荒れすさんだ雑踏でした。どうやら私は時間の中で迷子になってしまったようなんです。裸足の浮浪児が、おおぜいの人が、壁に沿ってうずくまっていました。物欲しげにまとわりつき、行くあてもない人々が群を作って歩いているの。

ああ、これはきのうの夢と同じ時代なんだなって、私はガッカリした。

変な話だけど、私そのときとっさに小沼さんの姿を探したんです。ゆうべもこの世界を一緒に体験したんだから、きっとどこかにいるんじゃないかって。

狭い階段を昇りました。そう、神田駅のそこにもまだ残っている、子供が手すりで平行棒をして遊ぶぐらいの狭い階段です。

昇りきると、四丁目の交叉点でした。今でいう三愛の横、鳩居堂の前になるかな。ともかく今では世界一の値段がついている地面に出たの。

目を被いましたよ。爆撃でこわされた天井はそのままで、地下鉄の出口というより、ただ穴ぼこからはい上がった感じです。

向かいの闇市や、表通りをぎっしりと埋める露店には裸電球が灯り始めていました。

あたりは大きなビルを残して、ほとんどが真っ白な石の海でした。焼け残ったビルも中身はがらんどうで、ささくれた鉄骨や曲がった窓枠が、危なっかしい感じでした。

そのとき、私ははっきりと、表通りを横切って闇市に走り込んで行く小沼さんの姿を見つけたんです。

大声で呼んだんだけど、ちょうど都電が通り過ぎて、あとは闇市のまわりにごった返す人ごみがあるばかりでした。

どうしていいかわからなくなって、あたりを見回すと、すぐそばのビルの陰であのアムールっていう人が、ちょうどトラックの運転席に乗りこむところだったんです。

やっぱりこれも夢かなって、そう思ったんだけど――。

アムールさんは灰色の帽子を冠って、首に大きなマフラーを巻いて、痩せた体をちょっと猫背にしている姿は、きのうのままでした。

「アムールさん！」って声をかけながら走って行くと、何だか迷惑そうにチェッと舌打ちをした。ずいぶんあわてているみたいでした。ただでさえ忙しいところに、また面倒なやつが現われた、っていう感じでした。

私はとっさに、きのうのお礼を言わなきゃって思ったの。

「ゆうべはどうもありがとうございました。助かりました」、って言ったんだけれど、アムールさんは知らん顔で交叉点の方を見ている。視線を追って行くと、小走りにやってくる女の人がいるんです。やっぱりずいぶんあわてているみたいで。

「早くしろ、何やってんだ」

アムールさんは女の人を叱りつけるようにして助手席のドアを開けました。

「ねえさんも、乗ってくかい」、とも言ったんだけど、知らない場所に連れて行かれるのも不安なので、「いえ、お礼だけ」、って断わりました。

革の半コートを羽織った女の人はようやくトラックまでたどりつくと、怖い顔で私を睨んだ。ピンと来ました。この人、アムールさんの恋人だなって。

「早く乗れよ。何やってんだ。そのねえさんは関係ねえって、そんなんじゃねえって」

アムールさんはとっさに言いわけをしていました。女の人は上目づかいに私を睨みつけています。そんなしぐささえ見惚《みと》れてしまうほど、きれいな人でした。年のころなら私よりずっと若いと思うけれど。

女の人はコートを羽織った肩を斜に構えて凄《すご》みました。

「てめえ、こんな所で何してるんだよ。いいなりしてるじゃねえか。将校のオンリーかよ」

アムールさんはあわてて女の人の袖を引きました。

「そんなんじゃねえって。このねえさんは、さっきの相棒の連れだよ。俺とは縁もゆかりもねえんだ。おい、ねえさん、早いとこ消えな。旦那はまだそこいらにいるはずだぞ」

アムールさんは女の人を荷物みたいに助手席に引きずりこみました。

女の人はずっと怖い目で私を見つめ続けています。すごく疑り深い人みたいでした。

車がもうもうと砂埃《ぼこり》を巻き上げながら走り出しても、その人はずっと窓から首を出して振り返っていました。

これは夢なんだ、いつの間に眠っちゃったんだろう。地下鉄の中かな、ホームかなって、考えながら、行くあてもなく歩き出したんです。

風景にはもうすっかり馴れてしまって、見聴きするものにも愕きはしません。ただ、どうしてこんなことばかり起こるんだろうって、それぱかり考えていたの。いくら考えたってどうしようもないんだけれど。

でも、これだけはわかりました。

誰かが——人間ではない誰かが、私をあのアムールという男の人にむりやり会わせているんだって。それも、ものすごく強引に、まるで力ずくで引き回すみたいにして。

壊れたビルばかりがお墓みたいに立ち並ぶ銀座通りを、私はとぼとぼと歩き続けました。

行きかう人々はみんな私と同じぐらいの速さで、うつ向いて、やっぱりとぼとぼと歩いていました。人間って、どうしていいかわからなくなると、みんな同じ顔になるんだなって思った。

どのくらい歩いたのでしょうか、急に人の行き足が早くなったような気がしたんです。あれっ、と思って顔を上げると、すれちがう人たちの表情が、ガラッと変わっている。途方にくれているふうじゃなくて、何だか殺伐としているんです。

露店はなくなっていて、人の数もずっと減っていて——それにいつのまにか昼間なんです。凩《こがらし》の吹く寒い朝なの。

あたりにはこげ臭い匂いが立ちこめていました。

それまでは誰も私を見ようとしなかったのに、みんながじろじろと白い目で見るんです。

アメリカ兵の姿がひとりも見当たりません。かわりに軍刀を提げた日本軍の将校や、もんぺ姿に鉢巻《はちまき》をした女の子たちや、防空頭巾《ずきん》とか鉄かぶとを背負った人たちが歩いているんです。

私はいつのまにか時間を遡って歩いていたようなんです。

行き着いた新橋の駅前は見渡す限りの焼野原でした。大きな、真っ白な空を見上げて私は立ちすくんだ。だって、泣こうがわめこうが、どうしようもないもの。

何だか深みにはまったみたいで、もしかしたらこのまま帰れなくなるんじゃないかって思ったら、体がブルブル慄えてきました。私、身寄りがないし、親類とかもないから。

とっさに地下鉄の入口を探したのは、おかしいですよね。でも考えてみて下さい、地下鉄でこの時代に送られてきたんだから、頼みの綱はそれしかないでしょう。

烏森口《からすもり》にはあちこちに幟《のぼり》が立っていました。万歳の声が上がって、日の丸の小旗が振られて、勇ましい軍歌が聴こえていて。

何も今どきの宣伝カーじゃないんですよ。いわゆる出征兵士を見送る光景に、それも何組ものラッシュアワーの時刻に出くわしちゃったんです。

ウッソー、て叫びたい気持ち。

こんなことしてる場合じゃないんだわ。地下鉄、地下鉄……あれかな、って思って近づくと、ただの穴ぼこなんです。そこいらじゅうに防空壕が掘られていました。

それは人がうずくまってようやく体を隠せるぐらいの深さで、空襲のたびにそこに転げこんで身を守るのかと思うと、ゾッとしました。

やっと地下鉄の入口を見つけた。もちろんそれも屋根を吹きとばされて、鉄骨のむき出たただの穴ぼこに見えたんだけれど、階段がついていて、中から生温かい風が吹き上がっていました。ほっとしました。だって、地下鉄のあの匂いだけは、今も昔も変わらないんだもの。

入口の前に小さな人垣ができていて、判で押したような制服──国民服、っていうんですか──それを着た男の人ともんぺ姿の女の人たちが軍歌に合わせて小旗を振っていました。

ふいに、おさげ髪に鉢巻を巻いた若い娘さんが、私の目の前に白い布と針とを差し出したんです。

「あの、すみません。よろしくお願いします。もう少しなんです」

ああ、これが千人針っていうものなんだな、きっとこの娘さんが、出征する男の人のために作っているんだなって思いました。

軍歌が終わって、万歳が三唱されました。娘さんはおろおろとしています。時間がないらしいんです。

私は布を受け取って、針を刺し、糸を玉止めにして、もういちど刺しました。

「ここまでやっちゃうわね。時間、ないんでしょう」

「すみません、助かります」

みんなが千人針の完成を待っているような気がして、私は残った部分に十箇所ぐらい、急いで針を刺しました。

娘さんは私の馴れた手付きにちょっとビックリして――馴れてるわけよね、いちおうプロですもの。

「お上手なんですね。お裁縫《さいほう》――」

「デザイナー、いえ、専門学校を出たから」

「わあ、洋裁学校。ほんとうは私も洋裁を習いたいんですけど」

おとなしそうな、とてもやさしい感じの娘さんでした。この人はこれから、どうやって戦い、どうやってあの闇市の時代を生き抜いて行くんだろうと思いました。

最後の糸を止めて歯で切ったとき、できあがった布の端の、贈られる人の名前が目にとびこみました。

武運長久　小沼佐吉君

私がどのくらい愕いたか、考えてみて下さい。

人々の輪の中心に、帽子をまぶかに冠った若い人が不器用な感じで敬礼をしています。

「小沼佐吉さんて、あの方？」

娘さんは千人針を胸に抱いて答えました。

「はい。うちの工場の、とっても腕のいい職工さんなんです。きょう入営するんです」

必勝・小沼佐吉君と書かれた幟が、温かい地下鉄の風にはためいていました。

「地下鉄で、行くのね」

そう口にしたとたん、私は胸がいっぱいになりました。

小沼佐吉さんが、あのアムールさんだったなんて考えてもいなかったけれど、彼のそんな嘘はどうでもいいと思いました。嘘をつく理由も何となくわかりました。

胸がいっぱいになったのは、そんなことじゃなくって、私たちが毎日何も考えずに乗っている地下鉄が、こんなふうに人の命を乗せていた時代もあるんだって、あの古い銀座線はそんなことおくびにも出さないけれど、死んで行く若者たちを何千人も、何万人も、黙って送り続けていたんだって、そう思ったんです。

娘さんはその人に駆け寄って、できあがった千人針を渡しました。「あの人が」、と言うように指さすと、小沼佐吉さんは私の方をきちんと向いて、「ありがとうございました」と敬礼をしました。

その人が死なないことはわかっています。満州から奇蹟《きせき》的に生きて帰り、アムールという仇名をつけられて、そして――世界でも有数の大実業家になることも。

「がんばって下さい。みんな、待っていますから」

私は後の世の、世界中の人になりかわってそう言いました。

工場の人たちの万歳に送られて、小沼佐吉さんは階段を降りて行きます。私はむき出しになった鉄骨にしがみついて、みんなと一緒に彼を見送りました。一生懸命に、万歳、万歳って声をはり上げながら。

あんなに淋《さび》しい男の人の後ろ姿を見たのは初めてでした。帆布のかばんを肩から斜めに掛けて、唐草紋様の風呂敷包みを脇に抱えて、あの人の背中は階段の一歩ごとに、ちぢこまっていくようでした。

「小沼佐吉君、万歳！　万歳！」

「がんばれよ、佐吉」

「小沼さん、体に気をつけてね」

「行ってらっしゃい、佐吉さん、万歳！」

送る人々の目はみな涙ぐんでいます。この人はきっと、工場の誰にとってもいい人だったんだろうと思いました。

佐吉さんは踊り場で立ち止まった。温かな風が闇の中から吹き上がってきました。

ふいに地上を振り仰いで、あの人はあどけない、殻の割れるような笑顔を私たちに向けたんです。

「わあ、地下鉄が来た。地下鉄だ！」

どういう意味なんでしょう。あの人は笑ったような、それでいて今にも泣き出しそうな顔をしています。

「佐吉、乗り越すんじゃねえぞ。青山一丁目でちゃんと降りるんだぞ」

口髭《くちひげ》を生やした年配の人が私の隣で言いました。

「わかってらい。よし、二十銭だな。俺、もうこれでいいよ、社長」

見送りはここでいい、と言ったのか、いえ、もうこれで思い残すことはない、と言ったふうに私には聞こえました。

「佐吉」、と社長は駆け出そうとするあの人を呼び止めて口に手を添え、はっきりと呟きました。

「おめえ、死ぬなよ。おめえは要領が悪いんだから。お人好しなんだから。いいな、死ぬんじゃねえぞ、生きて帰ってこい」

それまで勢いづいていた人々の声が急に静まりました。たぶん社長さんの言ったことがみんなの本音だったのでしょう。

人々は再び我に返ったように万歳をし、あの人もまたおしきせの敬礼をして、階段を駆け降りて行きました。

「待ってくれ！」って大声で地下鉄を呼び止めながら。

そうだ、私も乗らなきゃ。

人々を押しのけて、私は階段を降りて行った。でも、踊り場を曲がって私の降り立った場所は——いつに変わらぬ地下鉄銀座線の新橋駅だったんです。

新型のステンレスカーがホームに入ってきて、私はラッシュアワーの人ごみの中に、ぼんやりと立っていたんです——。

17

「まったくロマンチックだよなあ」

岡村は二重顎《あご》をつまみながら、遠い目で天井を見上げた。

「聞く分にはそうでしょうけど……そんなのじゃないですよ……」

話しおえたみち子の顔は悲しげだった。

いくらロマンチストの岡村でも、信じられる話の限界はとうに越しているだろう。できうる限りの誠実な感想にちがいない。

真次は何だか自分とみち子が共謀して、このお人好しの社長をからかっているような気がしてきた。まさかこの場に及んで「実は俺も」、と言い出す気にはなれない。

「でもなあ。科学では説明がつかんよなあ。目に見えぬ力がおまえらをどうにかしてるって、それはたしかにうまい表現だけど――やっぱりわからねえよなあ。つまりそう言うしか説明がつかん、ってことになるよな」

「べつに私と小沼さんとで、社長を担ごうとしているわけじゃないですよ。誤解しないで下さいね」

真次はみち子に目配せをした。信じろというのは酷である。

「いや、俺はおまえらのことは信じてるさ。信じているから、困るんだよ」

と、岡村はまったく困った顔をした。咽元《のど》まで出かかった自分の話を吞《の》み下して、真次はなだめるように言った。

「夢だと思っちまえば、どうってことないんだけどね。世の中には信じられない話なんて良くあるんだし」

「だがなあ、真次。いま、みっちゃんの話を聞きながらふと考えたんだけど、その目に見えぬ何者かが、おまえらにその夢を見させていたとするよな。だとすると、だ――それは何者かの意志なんだから、意志には理由がなくちゃいけないよな。理由があるからには、結果があるはずで……何だかよくわからんけど、怖い気がしないか」

とつとつとした口調で語る岡村の言葉を少し考えて、真次はぞっとした。たしかにそうかもしれない。

意志であるからには理由があり、結果があるはずだ。もしかしたら自分とみち子は、避けることのできないある結果に向かって引き寄せられているのではあるまいか。

「なにもおまえらを脅かすわけじゃないよ。そうじゃないが、俺もずっとおまえの話を考え続けてきたんだ。はじめの、死んだ兄貴に会ったっていう話さ。夢じゃないとするなら、にいさんの霊が、俺はこんなふうに死んだんだぞ、忘れないでくれって、弟のおまえに教えた。三十年後の命日にな」

「やだあ、社長」、とみち子は肩をすくめた。

岡村は真剣な顔で続ける。

「だが、今のみっちゃんの話を聞くと、どうも犯人はにいさんの霊じゃない。闇市だとか、おやじさんの入営の話だとか、そんなことはにいさんとは何の関係もないものな。第一、みっちゃんが巻きこまれるということが、どうもわからない。ゆうべの夢まではいいさ、同床同夢ということで――いや、気にするな、それをどうこう言ってる場合じゃない。だがな、きのうの真昼間に、みっちゃんがひとりで向こうに行っちまったっていうことは、これは重大だぞ。いわば善意の第三者であるみっちゃんが巻きこまれたんだ。こうなると俺だっていつ何どき妙なことになるかわからんのだからな」

岡村の言う通りである。そしてみち子が巻きこまれた以上、これは真次ひとりの錯覚でも病理でもなく、現象なのだと、岡村は言っているのだ。

「そうだね、社長も気をつけないと」

「バカ。どうやって気をつけるんだ。地下鉄に乗るなって言うのか。むりを言うなよ、ここだって地下鉄ストアの中だ」

三人は声を殺して、息苦しく笑った。それから三様に、しばらく考えこんだ。

「おい、小沼」

と、岡村は思いついたように真次を睨《にら》んだ。

「おまえ、言えなくって、黙ってることがあるだろう」

「……わかりますか」

「だって、みっちゃんが銀座の焼け跡に立ったとき、おまえの後ろ姿を見たじゃないか。ということは、おまえはきのう、銀座にいた。いや、いなかったとは言わせねえ」

三人は再び息を詰めて笑った。

「実は、アムールたちの一味と、PXのカメラを買いあさったんだ。どたん場でハチ公がドジを踏んで捕まって、みんなちりぢりに逃げた」

「そんなことしちゃだめじゃない」

と、みち子は愕《おどろ》くよりも先に真次を叱《しか》った。

「いったん地下鉄に乗って——今の地下鉄だよ。それでほっと一息ついたら、また妙なことになった。今度は地下鉄ごと変わっちまったんだ」

「忙しいわね。昔の地下鉄、すてきだったでしょう」

「いや、俺が乗ったのは戦時中のやつだからな、そんなにロマンチックじゃなかった。新橋まで来たら——」

みち子は悲鳴を上げ、岡村は唸《うな》った。

「おい、まさか出征兵士が乗って来たって言うんじゃないだろうな」

「その、まさかなんだ。待ってくれ、って、おやじが飛び乗ってきた」

岡村とみち子はぽかんと口を開けたまま、真次を見つめた。

「周到すぎるな……手がこんでいる」

真次の言葉はもう止まらなくなった。

「それればかりじゃないよ、岡さん。ゆうべ、ものすごい夢を見たんだ」

「もうやめよう、ねえ、怖いよ」

みち子は肩を抱えて慄《ふる》え出した。地下鉄が床下で地鳴りのように吠《ほ》え、古い窓枠がかたかたと鳴っていた。

岡村はみち子を励ました。

「今さら怖がったって仕方ないだろう。聞いとけ、みっちゃん。俺だって少しでも聞いておかなけりゃ。事前知識がないと、いざというとき困るからな」

みち子は泣き声になった。

「いいよ、その話はもういい。やめようよ」

「いや、よかない。おい真次。しゃべれ。みっちゃんもちゃんと聞いとけ。何たって今のところ俺よりハイリスクなんだから」

なるべく婉曲《えんきょく》に、真次は話し出した。

「まっくらで、良くわからなかったんだけどねえ――」

うわあ、と岡村は禿頭を抱えた。

「な、何だよそれ。怖い言い方するなよ。まっくらでわからなかっただと！　――やっぱり聞きたくねえなあ……それで、どうした」

「時間が、また飛ぶんだけど、いいかな。場所もすごいところまで飛ぶんだけど」

「すごいとか、そういう刺激的な言葉は使うな。何だっていいから、もっとあっさり言ってくれ」

話の前に、三人はいちど大声で笑った。それはたぶん、生理的にどうしても必要な笑いだった。

「ソ連が参戦した満州なんだ。俺は開拓団と一緒に逃げていた。雨が土砂ぶりで、人がたくさん殺された。そこに……」

「やめて！」

と、みち子は耳を塞《ふさ》いで立ち上がった。

「黙って聞けって、みっちゃん。悪いことは言わねえから」

みち子は真っ青な顔を上げると、岡村を見すえて、ぽつりと呟《つぶや》いた。

「だって……私、そこにいたんだもの。まっくらだったから、何もわからなかったけど」

18

村松千年、という名前だけは覚えていた。「ちとせ」と読むのだが、父はその忠実な運転手を、「せんねん」と呼びつけていた。

貴重な生証人である村松を探し出して、あの日の記憶を確かめることは、意味のないことではあるまい——そう思い立って、ためしに電話帳を繰ってみると、村松千年という名前は、あっけないほど簡単に見つかった。

「やっぱり変だよなあ。考えるそばから、誰かが教えているみたいだ」

岡村は帰り仕度をしながら、そう言って身慄いをした。

電話に出たのは村松本人である。その唐突さもまた、あまりにあっけなかった。

真次が名乗ったとたん、村松は矢も楯《たて》もたまらぬほどに懐かしがった。これから会いましょう、どこにでも出て行きますから、と村松は言った。

待ち合わせたのは先方の住まいに近い地下鉄日比谷線の三ノ輪《みのわ》駅である。三十年ぶりに会う人間と、思い立ったとたんに三十分で会える。目に見えぬ力の存在を、真次も感じぬわけにはいかなかった。

「二人とも、明日は出てこられるよなあ」

別れぎわに地下鉄ストアの通路に立ち止まって、岡村は不安そうに言った。

三ノ輪駅の改札口に、村松は昔のままの風采《ふうさい》で立っていた。

まさか三十年前と同じ服装ではないが、ふとそう錯覚するほど、純朴で誠実なお抱え運転手のたたずまいだった。

今も現役で個人タクシーをやっているのだと、村松は若さを誇示するように、まず言った。たしかに七十過ぎの老人には見えぬ若々しさと、変わらぬ誠実さは、彼の長い職業に負うところが大きいにちがいない。

男やもめの暮らしで部屋がちらかっているからと、言いわけのように言って、村松は真次とみち子を駅近くの喫茶店に誘った。

あの影の薄かった女房は死んでしまったのだろうか、と真次は考えたが、それも父が与えた禍《わざわ》いのような気がして、訊《たず》ねる気にはなれなかった。

村松は席につくなりまず、しげしげと真次を見つめ、古い知己が誰でも必ず言う通り、若い時分の父とうりふたつだと、愕き呆《あき》れた。

ごく手短に、真次は村松が解雇されてからの荒れすさんだ家のことや、自分と母が相次いで家を出た経緯を語った。

「噂《うわさ》には聞いていたんですがねえ。奥様も真次さんもお気の毒だなあって。だがこっちも食うだけで精いっぱいで、不義理しちまいました」

言いながら村松は、ちらちらとみち子に横目をつかった。初めは盗み見るようにしていたものが、次第に目を据え、ついには言葉もとぎれがちになった。

「女房じゃないんですよ。会社の同僚で、きょうは工場を回った帰りだから、つきあってもらったんです。古い仲間で、ぼくのことは何でも知っていますから、気にしないで下さい」

自然な嘘《うそ》だが、村松の怪訝《けげん》な目つきは続いた。

「あの、どうかなさいました？」

みち子は耐えきれずに言った。村松はそこでやっとみち子から目をそらし、コーヒーを啜《すす》った。

「いえね、あんまり急なことなんで、何だか頭の中がごちゃごちゃになっちまって」

東北訛《なま》りがはしばしに残る下町言葉で、村松は答えた。

立場を証明するように差し出したみち子の名刺を押しいただくと、村松はしばらく思いたどるような目を熱帯魚の水槽に向けた。

「あのう――私、お会いしたこと、ありませんよね」

「いえね、商売が商売だもんで、こういうことが良くあるんです。たぶん、いちど車にお乗せしたんだと思います。べっぴんさんだから妙に覚えていて、いや、失敬しました。お客さんからは運転手の顔は見えないやね」

村松はカーディガンの胸を開けて、いかにも几帳面《きちようめん》そうな白いワイシャツのポケットに名刺を収めた。ネクタイの結び目にいちいち手をやる癖も、昔のままだった。

しばらくの間、父母や圭三の噂話をし、小沼産業との関わりで明暗を分けた古い取引先や社員たちの消息について語り合ったあとで、真次はきっぱりと話題を返した。

「ところでね、村松さん。急に電話をしたわけなんですが――あにきのことについて、訊《き》いてもいいかな」

村松の表情が翳《かげ》った。兄はやはり死んだのだと、真次は悟った。

「ご命日を忘れてたわけじゃないんです。ほんとうなら墓参りぐらいしなきゃならないんだろうけど、何だかそれも気が引けちまって」

村松の言葉には微妙な意味がある。兄の死に責任を感じている。なぜだろう。

「もしさしつかえなければ、村松さんの知っているあの晩のことを、教えてもらえませんか。毎年どうも気になって仕方がないんです」

「あんまり思い出したくもないねえ」

と、村松は困惑したように目をそらした。

黙りこくったまま夕バコを一本喫い、いかにも運転手らしい、厚く頑丈な爪の先で火をもみ消してから、村松は実に言いづらそうに告白した。

「私があの晩、警察で社長に食ってかかったのには、わけがあるんです」

「良く覚えています。僕もびっくりしました。村松さん、おとなしい方だったから」

「実はあの晩おそくまで、私が昭一さんをお預りしていたんです。良かれと思ってお引き止めしておいたことが、裏目に出ちまって」

過去は微妙に変わっている。真次が変えてきた通りに。しかしそれでもなお、兄の死が避けられなかったのはなぜか。

「何時ごろだったかね、犬に餌《えさ》をやっていたら、門の前に昭一さんが自転車を曳《ひ》いて立ってらしたんですよ。背広を着て、大きなスーツケースを持った男の人と一緒に。その人は、昭一さんをしばらく匿《かくま》っていてくれって、社長が寝ちまったころ母屋に帰してくれって、そんなこと言って消えちまったんです。社長のご兄弟だろうって、昭一さんは言ってましたっけ。何でも長くアメリカに行ってらして、洋行帰りにお屋敷を訪ねてらしたんだって。それで偶然、鍋屋横丁で昭一さんを見かけて、連れ戻して下すったと、そういうことらしいんですが」

「誰だったんだろうね、その人」

興味ではなく、悔悟が言葉になった。すると村松は、ずっと考え続けてきたことでもあるかのように、にべもなく答えた。

「暗がりだったもんで、顔も良くは見えなかったんですが、大方の見当はつきます。社長はね、車の中ではおしゃべりだったんです。私はそういう点じゃ、会社のお偉方の誰よりも社長の秘密を知ってましたから」

「へえ。おやじがおしゃべりだったんですか」

「そうですよ。本当はね、けっこう如才ないところもおありなんです。ところが車から一歩おりると、まったく世間様にあい対するって感じで、仏頂面になっちまう。商売とは関係のない私にだけ素顔を見せていたのか、それともそれだけ私がどうでもいい人間だったのか、ともかく車の中じゃ別人でした。たぶん真次さんも、ご家族のどなたも、あんな社長は知らないと思います」

パッカードのシートの上でだけ、父はアムールに立ち戻っていたのだと、真次は思った。

「で、何べんも繰り返して聞いた話の中に、こんなのがあったんです。会社のおおもとを築いたのは、ほんの一日の出来事だったんだって。二十一年の冬、ですか。預金封鎖のその日に、社長は銀座でガッチリと闇《やみ》ドルを買い集めたんだそうです。運のいいことには、ちょうどその日に、進駐軍のPXに舶来のカメラが入荷してね――ああ、そんなこと言ったって真次さんにはわからないか」

「いいえ、わかりますよ。続けて下さい」

「そうですか？――で、ドルは買いたし、カメラも欲しいし、てんてこまいをしていたら、顔見知りの二世の通訳がひょいと現われてね、PXからカメラをごっそり買って来てくれたんですと」

要約すれば、そういうことになる。村松は話しながら、たぶん父もパッカードのシートでそうしたように、からからと笑った。

「その二世はね、小沼佐吉という人を尋ね歩いていたんですって、妙な話もあるものです。つまり社長は、恩を着せたやつなんだか、それとも仇《かたき》を探しているんだか良くわからないんだが、そらっとぼけてその男に大金を預けちまったと。さあて、どうもそのへんが社長の天才的っていうか、凡人とはちがうところなんですな」

「天才なのかね、やっぱり。でも良くわからん」

「ちゃんと理由も言ってらっしゃいましたよ。あれはバクチでも勘でもねえ、って」

「理由、ですか？」

「たいしたもんですよ。つまり、あの時代にはそこいらじゅう尋ね人だらけだったんだけど、恨みのある人間を探そうなんて余裕は、誰にもなかった、ということです。人間てえのはふしぎなもので、恨み事はじきに忘れるけど、恩を蒙《こうむ》った相手はどんなに苦しいときでも忘れないもんです。だから、自分を探しているその男は、誰だか知らんが少なくとも敵じゃあるまいって、そう考えたんだそうです。うん——それは私にもわかります。その時代を生きてきたから」

村松は父を懐かしんでいるふうでもあった。かつて自分が、あの小沼佐吉のお抱え運転手だったことを、ひそかな誇りにしているようだった。

「それともうひとつ、恩はさんざ売ってきたけど、恨みはこれっぽっちも買ってねえって、それは口癖でした」

「どうかな、それは。少なくとも僕は信じないね」

「いや、真次さん。意外とそうかもしれませんよ。今さら私が言うのも何だけど、本当はそういう人なんじゃないかって思うもの。近ごろになって、そんな気がしてきたんです」

みち子が不満げに口を挟んだ。

「つまり、本当はいい人だったって、そうおっしゃるんですか？」

村松は答えようとして、みち子に気圧《けお》されるように沈黙した。

いくつもの父の顔を、真次は胸の中に並べた。まったく別人のような男の姿をつなぎ合わせるものは、恐ろしい勢いで彼の上を流れて行った「時代」である。

「話が飛びましたが――」、と村松はみち子の顔色を窺《うかが》いながら続けた。

「社長は、その二世に分け前を渡さなかったことをひどく悔やんでいましてね。会いてえなあ、って独り言のように言ってましたっけ。だから私はピンと来たんです。あぁ、昭一さんを連れてきたのは、その男だって。小沼佐吉の居場所を探し当てて来たんだろうって」

真次は村松がそれ以上「二世の男」について言及することを危ぶんだ。

「で、それからあと、あにきはどうしたんですか」

村松の表情は再び硬くなった。

「社長に、見つかっちまったんですよ」

「おやじに？」

「はい。昭一さんはしばらくの間、縁先で犬と遊んでらして。そこにひょっこり社長がやってきたんです。おい、センネン、昭のやつが帰ってこねえから、ちょっとそこいらを探して来てくれって。そう言ったところに、昭一さんが何事もなかったような顔で犬と遊んでいた。おたがいにバツが悪いものだから、そこでまた喧嘩《けんか》ですわ。怒鳴り合った末、昭一さんはまたぷいと出て行っちまった。あとは——ご存じの通りです」

村松はもう勘弁してくれというふうに、深い溜《た》め息をついた。責めることになりはすまいかと気遣いながら、真次は訊ねた。

「止めなかったんですか」

「余計なまねはするなって、社長が。私だってまさかあんなことになるとは思わないから……悔いが残るといえば、まあそうですけど」

真次は兄の笑顔を思いうかべた。たとえ受験を間近に控えた不安定な気分であったにしろ、父とのいさかいが死ぬ理由になるとは思えない。いや、優秀であった兄には、不安感などかけらもなかったはずだ。いつも自信に満ちていた。

なぜ死んだ、と真次は胸の中の兄に向かって詰問した。

「いったい、何とおわびしていいやら——」

村松はそう言って、七三になでつけた白髪頭を深々と垂れた。

「誰の責任でもありませんよ。気にしないで下さい」

「だが、真次さん。私があのときどうにかすれば、奥様だって真次さんだって、圭三さんだって、いや皆さんのご家族の誰もが、もっと違った人生を過ごしてらしたでしょう」

「それはおたがいさまです。僕だって家を出たことで、みんなの人生を変えてしまったんですから」

三十年ぶりの対話は、それで終わった。兄の死を真次に語ったことで、村松はひどく疲れ、虚脱して見えた。

別れぎわに、すっかり傷みのきた日比谷線の階段の上で、真次は考えもなく訊ねた。

「ずっと運転ばかりしていらして、たまには地下鉄に乗ることなんて、あるんですか」

すると村松は、小柄な体をいっそう折り畳んで答えた。

「女房に死なれてから、どういうわけか仕事にやりがいを感じなくなっちまいましてね。それで、今じゃ月の半分も乗らないんですけど、休みの日には決まって地下鉄で出かけるんです。あてもなく、あっちこっち。自分で運転しないでどこかに行けるっていうのが、すごく便利なことに思えるんですな。それだけで妙に気が休まっちまって、あてどもなくぐるぐる回るんですよ。この間、座ったまんまうつらうつらして、ふっと考えたんです。こうして地下鉄に揺られて死んじまえればいいなあって。脳卒中とか心臓マヒでね。そう、いつ死んじまってもいいんですよ、地下鉄なら」

改札口で握手を交わしたとき、なぜか二度と会うことはあるまいと、真次は思った。

19

「ねえ、真次さん。あの人、変だったわ――」

地下鉄を待ちながら、みち子は怯《おび》えるように言った。

「名刺を出したとき、すごくびっくりしてたでしょう」

「そうだったかな。気がつかなかった」

「ずっと考えていたんだけど、私、どうしても身に覚えがないの。タクシーなんて一年に一度、乗るか乗らないかだし。だから私を乗せたことがあるってあの人が言ったのは、嘘だと思う」

「気持ち悪いな。何だよ、それ」

「わからない。でもあの人は変だった」

「確かめてみるか？」

「いやよ。きっと私たちの仲を疑ったんだわ。ほら、悪い癖までおとうさんに似てるんじゃないかって、そう思ったのよ」

もう考えるのはよそう、とでもいうふうに、みち子は手の甲を添えてあくびをした。

「疲れたろう。すっかり付き合わせちゃって、悪いな」

「付き合わせるだけの理由があるのよ、きっと」

と、みち子はやさしい皮肉を言った。

父が死んだら――と、真次はそのとき突然考えた。

父が死んで、多少なりともまともな金が入ったら、妻と別れよう。みち子と二人で、どこか場末の町で小さなブティックでも始めて。

思いつきではないのだ。そう考えることを、ずっと避け続けてきたのだと真次は思った。

「なあ、みっちゃん。俺と一緒になるか」

しかし真次の期待していたように、みち子の硬い表情がほころぶことはなかった。

むしろ頑《かたく》なに、みち子は言い返した。

「それ、どういう意味？　プロポーズのつもりなの？」

猛々しく吠《ほ》えながら、ステンレス製の車両が入ってきた。目を吊り上げてホームに立ちつくすみち子を、真次はドアの中に引きずりこんだ。

「聞いてくれ。今ふいに考えたんだ。これは誰かが俺たちに新しい人生を歩み出させようとしているんだって。

君が巻きこまれた理由も、それで説明がつくじゃないか」

「都合のいい解釈はしないで。私はそんなこと望んではいないわ。あなたは勝手よ」

「嘘をつくなよ。望んでいないはずはない」

一瞬、気色ばんだあとで、みち子の瞳はしおたれるように悲しくなった。

「望んではいけないのよ」

「なぜ?」

みち子は真次をきっかりと見据えて、何かを言った。速度を上げた地下鉄の轍《わだち》が、言葉を遮《さえぎ》った。

それは簡潔な、えりすぐった言葉のようだった。激しい捨てぜりふのように、ほんの一言それを言ったあとで、みち子は言葉を取り戻そうとするように両手で口を被った。

「え? 聴こえない。何だって」

地下鉄が意思をもって、真次の耳を塞《ふさ》いだような気がした。

いったい何を言ったのだろう。

みち子はドアに額をもたせかけて闇を見つめながら、薄い受け口の唇を、まるで餌をついばむ小鳥のくちばしのように慄わせていた。

初めて晒《さら》け出されたみち子の感情が、嚙《か》み殺しきれぬ嗚咽《おえつ》になった。

みち子が泣いている。地下鉄が彼女の唇からそっと奪い去った言葉は、たぶん別れの言葉だったのだろう。

会話の途絶えた二人を乗せたまま、駅は過ぎて行った。上野で銀座線と交叉し、仲《なか》御徒町《おかちまち》、秋葉原、小伝馬町と、懐かしい下町の名が続く。

人形町、茅場町《かやばちょう》、八丁堀、築地――ビルの谷間に死に絶えてしまったふるさとが、闇の中に墓標を並べているように思えた。

「私――いいことなんて、ひとつもなかったわ」

涙の乾いた一重瞼《まぶた》を虚《うつ》ろに見開いて、みち子は呟いた。

「過去を振り返っていちゃだめだよ。誰だっていいことの方が少ないに決まってるんだ」

「あなたは振り返る過去があるから、そう言えるのよ。私、何もないもの。いいことも悪いことも、何もなかったもの。毎日地下鉄に乗って会社に行って、絵型を描いて、型紙を切って。春、夏、秋、冬、ずっとそれのくり返し」

「もしそれが別れる理由なら、駄々をこねているとしか思えないね」

「そんなのじゃないわ」

銀座駅の人ごみで離ればなれになる前に、この気まずさを繕っておこうと真次は思った。

食事に誘うと、みち子は仕方なさそうにドアから身を起こした。

日曜の宵の地下道はすいていた。みち子は打ちひしがれたようにずっと黙りこくったまま、真次の少し後ろをついて来た。

プロポーズの言葉を今さら冗談に紛らすこともできず、ましてや繰り返すこともできずに、真次も黙って歩いた。

ふと、こんなことを考えた。

人生の何割かを東京の地下で暮らしてきたのは、何も自分ひとりではあるまい。行き交う人々はみな、人生の何分の一かに相当する時間を、地下鉄の中で過ごしているのだ。夏は涼しく、冬は暖かい、網の目のように張りめぐらされたこの涯《はて》もない空間の中で、誰もが重苦しい愛憎を胸に抱えながら。

「ここ――きのうの出口」

みち子は階段の下で立ち止まった。踊り場を見上げながら、この階段の上には正常な時間の保証がないのだ、と真次は思った。

「歌が聴こえるわ。ねえ、聴こえるでしょう」

耳を澄ます。細く不確かな、胡弓《こきゆう》を弾くような女の声だ。やがてそれは街の音を押しのけて、少しずつ古い唄声になった。

〈ジャズで踊ってリキュールで更けて、明けりゃダンサーの涙雨――〉

みち子は眉を開いて微笑《ほほえ》んだ。

「悪い時代じゃないみたいね」

「行ってみるか。君の好きな、アールヌーボーかもしれない」

「帽子がないわ」

「かまうものか」

一段ごとに、柳並木に流れる唄声はボリュームを上げ、華やかなネオンサインが視界に現われた。

交叉点に立ったとき、みち子は子供のような歓声を上げて真次の掌を握った。

そこは平和な時代の、輝かしい十字路だった。

大通りには磨き上げられたT型フォードやシボレーが、ひっきりなしに過ぎて行った。ボディに色とりどりのネオンを弾き返し、まるでそうすることが交通のマナーであるかのように、美しい音色のクラクションを鳴らし続けて。

ビルディングの壁に彫りこまれたレリーフは、やわらかな街灯の光を浴びて浮き立ち、目を凝らせばその街灯さえ、工芸品のように精緻《せいち》な意匠だ。深緑色のボディに真鍮《しんちゅう》の金具をまとった市電。架線にはじける火花ですら、その優雅な姿の一部に見える。

人々は着飾っている。男は三ツ揃《ぞろい》の背広にソフト帽を冠り、ステッキを提げている。女たちはドレスの上に毛襟のついたコートを羽織り、耳を被ったショート・ヘアと妖艶《ようえん》な厚化粧は、まるでスクリーンから抜け出したようだ。

それは舞台の上のように完全な、そして完全なものしか立ち入ることの許されぬ、失われた時代の銀座だった。

みち子は立ちすくんだまま、目を瞠《みは》っていた。

「スケッチしていきたいけど――」

「よくそんな気分になれるね」

「私のライフワークだもの。アールヌーボー」

時間を踏み越えた恐怖心は、もうどこにもなかった。二人は目くるめく夜のパノラマの中を歩き出した。

四丁目の交叉点には、ライトアップされた服部時計店のビルがそそり立っていた。竣工《しゅんこう》して間もない、白亜の輝きだ。

「知らなかったわ。和光がアールヌーボーのシンボルだったなんて。すてき、もう死んでもいいぐらい」

ことさら美しく見えるのは、ふさわしい時代とその文化の上に建っているからだろう。それは関東大震災の廃墟《はいきょ》の上に、忽然《こつぜん》と現われた、時代の象徴だ。

みち子は舗道に行きかう恋人たちのしぐさを真似て、真次の腕を抱き寄せた。

「映画のセットの中を歩いているみたい。黙ってモガとモボになりましょうよ。帽子がないけど」

スピーカーから流れる歌謡曲がジャズに変わると、風景はさらに完全さを増したように思えた。

みち子はすれちがう人々の服装を、瞼にスケッチするように見つめる。

「ずいぶん上等な服に見えるな。どれもこれも」

「上等なのよ。化繊がないんですもの。フランネルとシルクベルベットの時代。すばらしいわ」

しばらく歩いて、みち子は洋装店のショーウインドウの前で立ち止まった。はじけるような白色電球の下に、流行の服地がディスプレイされている。

「そのうえ既製服《プレタポルテ》なんてないの。ぜんぶオートクチュール。なんておしゃれな時代——あれ、レーヨンはあったんだ。人絹って書いてあるけど」

「ツイードもたくさんある。流行なのかな」

「ホームスパン、って言ってよ。わあ、すごい生地。もうクラクラしちゃう。買って帰りたいけど、それはむりね。残念だわ」

みち子は興奮しきっている。どんなささいなものでも見落とすまいとするように、目を瞠り続けている。

「おい、おのぼりさんだと思われるぞ——まあ、それにはちがいないけど」

「そう、おのぼりさん。偽物ばかりの下品な時代から、地下鉄に乗ってやってきた、おのぼりさんよ。私、もう帰りたくない。ずっとこの時代にいたい」

「冗談やめろよ。この時代だってこのまま止まっているわけじゃないんだぞ。じきに戦争が始まって、ここも、きのう俺たちが見た風景に変わるんだ。そうだろう」

みち子は言われて初めて気づいたように、ほうっと溜め息を洩《も》らした。

「そうね。時間って、残酷だわ」

歩き出しながら真次は、まったく映画のパノラマのように見えるこの町の、美しさの秘密について考えた。

宵《よい》の盛り場のけばけばしさも、猥褻《わいせつ》さも、うら哀しさも、ここにはない。白を基調とした建築群の、レリーフと曲線。それらを影と光とで彩る、柔らかな間接照明。そうしたモダニズムの基本的構造にとっては、この時間帯が最もふさわしいのだ。

誰かが、この美しい時代の美しい町の、最も美しい時間をみち子に見せている、と思った。

「良かったな、みっちゃん。一生懸命やってきたから、ごほうびに見せてくれたんだよ、きっと」

「誰が？　――ファッションの神様？」

微笑みかけて、みち子は口元を凍らせた。

「まさか、きのうの続きじゃないでしょうね。私たち時間を遡《さかのぼ》ってるわ」

「それじゃまた若き日の小沼佐吉が現われるっていうのか。やめてくれよ」

「だって、あなたが最初に見たのは東京オリンピックの年。その次に二人で見たのが戦後の闇市。そして、出征と戦場。だったら次はこの時代じゃないの。ちゃんと順番どおり」

「よせよ。おやじはまだ子供だ」

「いくつぐらいかな。ここ、昭和何年ぐらい？　それとも、大正？」

「聞いてみようか」

「やめてよ、道をきくんじゃないんだから」

「大正じゃないだろう。関東大震災は、ええと、大正十二年だから、少なくともそれからはだいぶたってると思うよ。いずれにしろおやじはまだ子供で——おい、探すなよ。なにもむりに会うことはないんだ」

「でも、きっといるわよ。どこかに」

「やめろって、戻ろう」

舗道を戻りかけて、二人は同時に足を止めた。

路上に少年が立っていた。頭に合わぬ大きな鳥打帽を冠り、粗末な袷《あわ》せの着物の襟に手拭《てぬぐい》を巻き、裸足に草履をつっかけた少年である。

背中にくくりつけた荷物の重みに顎を突き出したまま、少年の目はじっと食いいるように、道路の対岸に注がれている。

真次とみち子は顔を見合わせた。

「ちがう？　彼——」

引き止める真次の手を振りほどいて、みち子は少年に近寄っていった。

「佐吉くん。小沼佐吉くん、でしょう?」

風呂敷の結び目を咽元で支え、やや前かがみのまま少年は振り返った。色白の利発そうな顔だった。面影をしのぶことはできないが、愕くよりもまずじっと相手を見つめ、考えこむしぐさは、いつの時代にも共通した彼の——小沼佐吉の癖であることに真次は気付いた。

「だれ?」

澄んだ幼い声で、少年は訊ねた。鳥打帽の庇《ひさし》をつまみ上げ、眩《まぶ》しげにみち子を見上げる。

訊き返されて、答える用意のなかったみち子の方がうろたえた。

「お友達の、おとうさんとおかあさん」

と、みち子はとっさに危うい嘘をついた。少年は訝《いぶか》しげな顔でみち子を見、真次を見た。

「やあ」、と真次は手を上げた。

「友達って、月島のかい?」

「え? ——そうよ、月島の」

父のふるさとが月島であったということすらも、真次は知らなかった。

幼なじみの父母にしてはどうも様子が違いすぎる——と、少年の訝しげに見開かれた瞳はそう言っている。

「おいら、もう関係ねえから。ごめんよ」

少年はぷいと顔をそむけた。

「ここで、何をしてるの？」

少年は大通りの対岸の町並をじっと見つめたまま答えた。

「築地のお得意さんに品物を納めに行くところなんだけど、息が上がっちまったから」

何を見ているのだろう。少年の視線をたどる。青い火花をひとしきり散らして市電が通り過ぎたあとの対岸に、純白の建物があった。

小ぢんまりとした二階建だが、さまざまな意匠をこらした店々の中でも、それはとりわけ物語めいて美しい。市電の停車場も、舗道の街灯も、角の路上に佇《たたず》む貯金箱のような石造りの交番も、その純白の建物に付属したもののように良く似合う。

冠に掲げられた真鍮の印だけが、六十年の間、変わっていない。四丁目の和光からの距離を目で測って、みち子は呟いた。

「資生堂よ——」

ローマ字の看板の下には、アール・デコの精巧な細工をあしらった小窓が並び、玄関はたとえばイスラムのモスクを思わせるような曲線に縁取られている。銀座の光と影が切絵のように白い建物を浮き立たせていた。

「おばさん、入ったことあるかい？　資生堂のアイスクリームパーラー」

みち子の風体をちらりと見て、少年は間を繕《つくろ》うように訊いた。

「あるわよ、何度も」

「ほんと？　――中、どんななの？」

不用意に答えて、みち子はまた口ごもった。みち子の知る資生堂パーラーは、大きなガラスに囲まれた平成のそれである。

ふと真次は、この時代の建物がどれもその内部を見せない構造であることに気付いた。建材としてのガラスが未発達であったのか、あるいは店内を見せないことが商いの道義であるのか――たぶんその両方だろう。

美しい建物の、決して覗《のぞ》くことのできぬ胎内に、少年は憧《あこが》れている。

「みんな、元気ですか？」

と、目をそらさずに唇だけで少年は訊ねた。

「――おいらも元気でやってっから。心配するなって、言っといて下さい」

それだけを言うと、少年は関わり合いを避けるように歩き出した。

「待ってよ、佐吉くん」

「行かなきゃ。きょうは遅くなっちまって、向こうの旦那《だんな》さんに叱られる」

「ずいぶん重たそうね。築地まで、歩いて行くの？」

前のめりに歩き出すと、着物の襟がぐいと落ちて、花の茎のように細いうなじがあらわになった。

真次は思わず手を差し出して、荷を支えた。いったい何が詰まっているのだろう。少年の一歩ごとに、風呂敷包みの中の木箱が軋《きし》んだ。

「おつとめ、どこなの？」

襟巻がわりの手拭で少年のうなじを隠しながら、みち子は訊ねた。

「汐留の工場《こうば》です。市電で三原橋に出りゃ近えんだけど、いつも早めに出て歩ってく」

「汐留から築地じゃ、ずいぶん遠いわ。どうして歩いて行くの？」

「やぼなこと訊くなよ、おばさん」

風呂敷包みの中の荒縄が、少年の胸までもくくっているような気がした。木箱のしなる音は少年の骨の軋みに聞こえた。

「おとっつぁんがおいらの給金を前借りしちまってるから、こうやって十銭うかすんだ。三日に一ぺんのこったから、バカにゃならねえ」

「おとうさんが、前借りですって？」

みち子は呆《あき》れ果てたように、真次の耳元で囁《ささや》いた。「あなたのおじいさんよ」

真次は若いころからの楽隠居であった祖父の顔を思い浮かべた。中野の屋敷の中では終生場ちがいな感じのした、二の腕に彫物のある祖父であった。

「あのクソじじい……まだバクチ打ってるな」

「そうじゃねえって、おじさん」

と、少年は歩きながら言い繕った。

「とうに足は洗ったんだけど、それがなおいけねえんだ。ひでえ不景気だろ、朝の五時から立ちんぼしてたって、仕事がねえんだって。ようやくありついてもすっかり足元を見られちまってるから、南京《ナンキン》米の飯にバットが一個、それに湯銭が五銭でごまかされちまうんだ。おいらの方が稼ぎがあるんだよ」

真次は銀座通りの華やかな宵を見上げた。これは時代の闇を被う書割《かきわり》なのだろうか。

「それだってよ、おとっつぁんは体がいいからまだましなんだ。ちょいと弱えのは、食えねえどころかヤサもなくなって、業平《なりひら》あたりの木賃に転がりこむか、しめえには上野の山の野宿場《おかんば》だってよ」

「……こんな小さな子に愚痴を言って、前借りさせてるなんて、ひどいわね、あなたのおじいさん」

みち子の声が耳に届いたのだろうか、少年はぷつりと口を閉ざすと、背中の荷をゆすって振り返った。

「誰？　――誰なの、おばさんたち……」

温かい地下鉄の風が粗末な着物の裾《すそ》をひるがえして吹き上がった。すると、たちまち少年の怪訝《けげん》な表情がゆるんだ。

「うわ、あったけえ――」

路上の鉄枠を踏んだ少年の足には血が滲《にじ》んでいた。

「マメができてる。つぶれちゃってるわ」

みち子は少年の足元に屈みこむと、肩を差し向けて草履を奪った。ハンカチを前歯で裂き、硬いゴムの鼻緒に結びつける。

「いいよおばさん。やめてくれよ。千日履《せんにちば》きにマメはつきものだ。マメができるぐれえじゃねえと、千日履けねえんだから」

みち子は器用に指先を動かしながら、もどかしげに言った。

「だめ。体は大事にしなきゃ。あなたはよその子供とはちがうのよ」

「やめろよ、みっちゃん」、と真次はあわてて口を挟んだ。

「あなたは、大勢の人を助けて、大金持ちになって、すばらしい洋服を世界中の人に着せるんだから」

少年は地下鉄の風に汚れた脛《すね》を晒《さら》したまま、みぎわの鳥のように片足立っていた。

「こんなまやかしの風景じゃなくって、百年も千年も変わらない、地震がきたって、戦争になったってびくともしないビルを、銀座のまんなかに建てるんだから」

「よせよ、やめとけ、みっちゃん」

「できたわよ」、と草履を少年の足にはかせると、みち子はきょとんと立ちつくす少年の掌を祈るように握りしめた。

「おかあさんは？」

「おっかさんは……どっかに行っちまった。かわりに知らねえばばあが来たんだ。学校も行っちゃならねえって言うから……だからおいら、月島はいやだ。あんなところ、二度と帰るもんか」

母のことを訊ねられたとたんに、少年の顔は崩れるように歪《ゆが》んだ。前歯で唇を噛みしめると、悲しいえくぼが頰にうがたれた。

「ごめんね、変なこと聞いちゃって」

みち子は鉄枠の上に両膝をついたまま、トレンチコートの襟に少年の顔を包みこんだ。

「何でそんなことを聞くんだよ。おばさん、誰なんだよ」

少年はみち子の袖《そで》を摑《つか》んだなり、胸にうもれて泣き出した。

「銭なんか、いくらだって持ってきゃいいんだ。持ってく分だけ、おいらちゃんと稼いでやる」

「おとうさんやおかあさんを恨まないでね。みんな大変なんだから」

「そんなの、わかってらい。親孝行をしろって、学校をやめるとき先生が言ってた。一人前に旋盤を回せるようになったら、おいら、ちゃんとおとっつぁんも、あのクソばばあも食わしてやるから。だから、もう見張ったりしないでくれよ」

真次の胸に盛大な祖父母の葬式の記憶が甦《よみがえ》った。場ちがいな屋敷の中で、幸福なかけあい漫才のように晩年を過ごした祖父母であった。

「そうよ、大丈夫。あなたならできるわ」

もういちど地下鉄の風が吹き上がった。すると、少年は嘘のように泣き顔を晴らして、みち子の胸から起き上がった。

「うわあ、あったけえ……おいら、いつもここで足をいっぺんあったためるんだよ。元気が出るんだ」

「地下鉄、好きなの？」

「うん。乗ったことはねえんだけど。日曜には、朝から晩まで銀座か新橋の改札にいるんだ。おかみさんが弁当もたしてくれるんだよ」

「お弁当もちで、地下鉄を見に行くのね」

「うん。内緒だけど、近いうちに浅草まで行ってやろうと思ってるんだ。ほら、そこの尾張町の十文字から乗って――」

と、少年はひときわ明るい四丁目の交叉点を指さした。

「三越に寄って、神田の地下鉄ストアにも。それから広小路で松坂屋を覗いて、上野の地下鉄食堂でライスカレーを食って、浅草で活動を見るんだ。ずっと、メトロに乗って行くんだ」

真次は少年のかたわらで温かな風にあおられたまま立ちつくしていた。

みち子の腕をすり抜けると、少年は鳥打帽を取って、ぺこりと坊主頭を下げた。

「じゃあ、おいら行くから。ありがとう、おばさん。みんなによろしく」

千日履きを鳴らして逃れるように駆け出して行く少年を、二人は黙って見送った。

ふと、真次の心に、荷を届けた帰り、築地の堤防に立って月島の灯を見つめる少年の姿が思いうかんだ。

そこにはまだ勝鬨橋《かちどきばし》もなく、蒸気船が暗い海をつないでいる。小さな体を前のめりにしならせて、少年は捨ててきた町の灯をじっと見つめている。

「帰ろうか——」

夢に見続けてきた時代に裏切られて、みち子はとぼとぼと歩き出した。

20

振り返る気にもなれずに階段を下りると、そこはいつに変わらぬ地下鉄のターミナルだった。

閉店時間の三越からは、買物袋を提げた家族連れがなだれるように吐き出されていた。

力尽きて通路のタイル壁にもたれかかると、みち子は顔を被って真次の足元にうずくまってしまった。

二人はそうして長い間、気力の回復するのを待った。壁に背をすべらせて、真次はみち子の脇に屈みこんだ。

「なあ、みっちゃん。さっきの話の続きをしないか」

二人の将来について真剣に語り合うことが、この異常な現象から救われる唯一の方法だと、真次は確信していた。

抱えこんだ膝《ひざ》に顔を埋めたまま、みち子は首を振った。

「その話はもうやめて。私、嘘《うそ》なんかついてない。意地も張ってない」

「子供なら、女房に任せる。おふくろは俺と一緒じゃなきゃだめだろうけど、そんなにむずかしい親じゃない。君とならうまくやっていけると思う」

みち子は顔を上げて、虚《うつ》ろな目を人ごみの足元に据えた。

「わかってるわ。私、あなたのおかあさんと一度お会いしたもの」

「え？――おふくろと」

「黙っていたけど、会社に訪ねてらしたの。あなたがいないことを電話で確かめてから。付き合い始めてすぐのころよ」

母からも岡村からも、そんなことは聞いていない。うかつだったと真次は思った。

「働きづめで何ひとつ道楽もない子だから、夢だけ見させてやって下さいって。おかあさん、ずっと頭を下げて泣いてらした――はじめは嫌味を言いに来たんだって思ったの。でも、おかあさんはとても真剣だった」

「そういうのには慣れてるんだろう。なにしろ、おやじの妾《めかけ》どものところに毎月お手当を届けていたぐらいだから」

冗談めかして言ったことが少しも冗談にならずに、真次は口をつぐんだ。

「そんなこと、喜んでするわけないじゃない。我慢強い人なのよ。いいおかあさんね、少なくともあなたにとっては」

そんなことはひとことも口に出さず、五年間も自分に夢を見させ続けてきたみち子は、母の意思に従っていたのだろうか。とり返しようのない歳月だったと、真次は悔いた。

「私、考えちゃった。考えこむお年頃だもの。ふつうの家庭を持つことが、子供のころからの夢だったし。何度も、溝ノ口まで行ったわ。あなたの暮らしが気になって、まるで怖いものを覗《のぞ》きに行く子供みたいに」

黙りこくる真次をちらと見返って、みち子は続けた。

「転がってきたボールを渡してあげたとき、ありがとうございます、って言った息子さん、あなたに良く似ていた。娘さんはおかあさん似で、しっかりしてそうで。何となく後をつけて行ったら、スーパーの駐車場で奥さんと会ってた。ゴムのエプロンかけて、長靴をはいて、お野菜を積み上げた台車を押して。娘さんが、おかあさん、って走り出したとき、私、逃げ出しちゃった。本当は、あなたの家庭をめちゃくちゃにして、あなたを取り上げちゃおうと思ってたの。でも、何も言えなかった。何ひとつ」

そこまで語りおえると、みち子はハイヒールのかかとを鳴らしてふいに立ち上がった。

「行こう、真次さん。まだやらなければならないことが残ってるわ」

「やらなければならないって、何だよ」

「向こうの世界で、やり残したことがあるの」

「やめてくれよ。こんなことといくら続けたって何の意味もないんだ。それよりも俺たちの将来について――」

「あなたの結論はまちがっている。それだけは確かよ。行こう、真次さん。赤坂見附で下りて、永田町の地下道に行ってみるの。東京オリンピックの年。おにいさんが亡くなった年、私の生まれた年よ」

永田町駅に通じるひとけのない地下道には、くすんだパステルカラーの階段が二人を待っていた。

真次は脂じみたメガネをハンカチで拭《ぬぐ》った。無機質の蛍光灯に晒《さら》された地下道は、タイルのひとこままでもが明瞭《めいりよう》であるのに、その階段の周囲だけが薄絹のカーテンを掛けたように霞《かす》んで見えた。

「もう、日が経ってしまっている。手遅れだと思うんだが」

「行ってみましょう。だって、入口がちゃんと用意してあるんだもの」

地上が夜の永田町であって欲しいと真次は希った。

踊り場まで昇ると、足元に音をたてて潮が流れた。いや、それは時間のうしおではない。降り沫《しぶ》く雨が側溝にあふれ、階段をひたしているのだ。

「雨が降ってる。土砂降りだ。あの日は雨なんか降ってやしなかった。良く覚えている、満月の夜だった」

「待って、もう少し」

「もう用事はないんだ。お願い、目をつむって」

「少しだけ待って。お願い、目をつむって」

みち子は真次の胸を摑《つか》み寄せると、祈るように目を閉じた。

雨が顔に沫いた。ふと、軽い目まいを感じて壁に背をあずけた真次の耳に、あわただしい駅員の声が響いた。

「うわあ、ひどい降りだな――お客さん、乗るのなら早くしないと、止まるかもしれませんよ」

紺色の昔の制服だ。駅員は踊り場に置かれた防潮板のケースを叩いた。

「方南町行きはもう冠水してますからね。まだ新宿までなら――」

「いえ、乗りませんから。雨宿りしているんです」

若い駅員は、ああそうかというふうに二人を見て苦笑した。

雨水とともに黄色い銀杏《いちよう》の朽葉が流れてきた。

「行きましょう」

みち子は怖気づく真次の腕を引き寄せて階段を昇った。

青梅街道には冬の雨が降りしきっていた。車は水面を行くように、水溜《た》まりを切りさきながら走っていた。

静まり返ったアーケードの下で、二人はしばらくの間、なにかを待った。

黒々と河のように横たわる国道の対《むか》い側に、クリーム色の電話ボックスが輝いていた。

真次は見た。段幕を落としたような暗い舗道に、白いビニールヤッケをひらめかせて疾走してくるドロップハンドルの自転車を。

兄は降り沫く夜の雨を突いて、小さな魔物のように走ってきた。

「にいさん！」

水煙を巻き上げながらやってきたダンプカーが、真次の声を阻んだ。砂利を満載した何十台もの行列のすきまに、兄の姿は分解写真のように見え隠れした。

自転車を止める。几帳面《きちょうめん》にチェーンロックを掛ける。ジーンズのポケットを探る。電話ボックスに入り、受話器を手に取ってから、コインを入れかけた格好で少しためらう。ダイヤルを回しかけて、切る。凍えた指先に息を吐きかけ、再びダイヤルを回す。長い呼音。唇が動いた。

ようやくダンプカーの獰猛《どうもう》な行列をやりすごして、真次は道路を横切った。

電話ボックスの中の兄の顔は、死人のように青ざめている。両手で受話器を握って、何かを怒鳴る。天を仰ぎ、ガラスにヤッケの背をもたせかけたまま、兄の姿はボックスの底に沈みこんだ。

真次は都電の廃線を飛びこして走った。ガードレールで向こう脛《ずね》を打ち、足を曳《ひ》きながら電話ボックスの扉を開けると、兄は受話器を握ってうずくまったまま、路上に転げ出た。

放心した兄の手から受話器を奪い取り、耳に当てる。いきなり飛びこんできたものは、うろたえ、おののき、切迫した母の声だった。

〈聞いてるの、おにいちゃん。だから、おとうさんとおにいちゃんは関係ないんだから、嫌いであたりまえなんだから、血のつながりなんて、何もないんだから――〉

考える間もなく、真次は訊《き》き返した。

「かあさん、それ、本当か」

母はとっさに、真次と兄の声をとりちがえた。

〈そうだよ。考えてもごらん、あんただけちっともおとうさんと似てないだろう〉

「じゃあ、誰の子なんだ」

〈おかあさんの子よ。あんたはおかあさんの子〉

「そうじゃない。誰の子だって聞いてるんだ」

〈おかあさんの大好きだった、学徒動員で死んじゃった人の子よ〉

「おやじは、知ってるのか」

〈知ってるわ。でも、それだから憎いんじゃないのよ。ぜんぶわかっていて、真ちゃんや圭ちゃんと同じように、いえ、もっと大切に育ててくれたんだから。ね、おにいちゃん。ゆっくり話そう、おとうさんも一緒に。早く帰って来なさい〉

「こんなときに、何てこと言うんだ！」

そう怒鳴り返したとき、兄は真次の足元をすり抜けて地下鉄の階段に駆けこんでいた。

ボックスの段差を踏んで、真次は舗道に転がった。兄は白い鞠《まり》のように弾みながら、視界から消えた。

「誰か止めてくれ、にいさん、やめろ！」

足を曳き、手すりにすがりながら真次は後を追った。

側溝から溢《あふ》れる泥水の中を這《は》うようにして階段を下り、スチールパイプの改札を抜けた真次が見たものは、線路を覗きこむようにしてうずくまる小さな兄の姿だった。

あたりをうずめつくす水音の中で、時間は凍えついた。

ホームの先で駅員が警笛を吹き鳴らした。いくつかの悲鳴があがった。地を轟《とどろ》かせて、とどめきれぬ速度を懸命に制動しながら、地下鉄が来た。

兄の体が前のめりにホームから消え、すさまじい唸《うな》り声を上げて、地下鉄はその位置を乗り越えた。

自分の体が轢断《れきだん》されたように、真次はその場にへたりこんだ。出札口から走り出た駅員が狼狽《ろうばい》しながら真次に何ごとかを訊《たず》ねた。緊迫した声にも、真次は行きずりの酔いどれのように首を振ることしかできなかった。

そのとき真次の考えたものは、自分の血族をめぐる恐ろしい必然だった。すべては揺るぎようがない、どんな偶然も関与することのない、この結果しかないことなのだと思った。運命というものの正体を、真次は確かにその目で見た。

少なくとも、家族の誰ひとりとして、愛憎の法則に逆らった者はいない。家族は愛し合っていた。とりわけ、聡明《そうめい》な兄は誰よりも父を理解し、尊敬し、かつ愛していたのだと思った。

それでも、この結末しかなかった。

「行きましょう、真次さん」

みち子が肩を抱いた。

「なんで、こんなものまで見なけりゃならないんだ。俺が何をした。なあ、みっちゃん、ひどすぎるとは思わないか」

振り返ったみち子の顔が、目も鼻も口もないように見えたのはなぜだろう。感情のかけらもない顔で真次を抱き上げ、みち子は言った。

「きっと、あなたが見なければならないものだったからよ。そうにちがいないわ」

なんという不確かな時代だろう――。

みち子に体を支えられて、行くあても知れずに歩きながら、真次は街の灯を見渡した。

立ち枯れたプラタナスの並木、杭を打ったように間を置いて建つビル、二人の様子を窺《うかが》いながら行き過ぎる流しのタクシー、雨の中に盛り上がった工事現場の灯、間断なく水しぶきを上げるダンプカーの群れ。

永遠に未完な時代の闇《やみ》を、真次はさまよっていた。

昭和三十九年の冬――それは一面を焼き尽くされていたあの時代から、わずか十九年しか経ってはいないのだ。

風景がひどく脆弱《ぜいじゃく》に、心もとなく見えるのは、それらのすべてが半年後に控えた壮大な復活の儀式に向かって、あわただしく準備されたからにちがいない。すさまじい勢いで甦《よみがえ》った世界の、どうともつなぎ合わさらぬ断層に、兄は落ちて行ったのだと思った。

いったいどこを歩いているのだろう。

冬の雨が肌にしみ、汚れた髪を伝い落ちる滴が瞳を刺す。

「どこへ行くんだ、みっちゃん。俺はもう歩けない」

「もうじき。すぐそこよ。これでおしまいだから。さあ、歩いて」

小柄な体のどこから湧《わ》き出るのだろうと思われるほど、真次を支えるみち子の力は強かった。

たどり着いたその場所がいったいどこであるか、どの道を通って、どのくらいの時を歩きつめてきたのか、真次にはまったく見当がつかなかった。

入り組んだ路地裏である。

小さな夜空はけばけばしい原色の看板にうずめつくされている。雨足は繁く、どぶ板のすきまから下水が溢《あふ》れていた。

怪しげな酒場の扉が開き、赤い髪をくしけずりながら雨足を見上げて、厚化粧の女が怠惰なあくびをした。

路地の奥には、迷路のように同じ家並が犇《ひし》めいていた。鼻を鳴らしながら野良犬が横切った。

流しの二人組が、ギターとアコーデオンを革ジャンパーの下にかばいながら、軒から軒へ渡って行く。雨音を縫って流れる歌声は、曲も節回しもひどく古い。

浅草の裏街のようでもあり、渋谷の道玄坂あたりのようでもあり、新宿の町はずれのようでもある。

いや――あのころ場末の駅の周囲には必ずあった、雑然として得体の知れぬ、どこかしらの飲み屋街なのだろう。

みち子は路地の突き当たりの、小高い崖《がけ》に造りつけられた石段の下で立ち止まった。急な石段には朽ち錆《さ》びた鉄の手すりが付いており、雨が沢水のように流れ落ちていた。欅《けやき》か楠《くすのき》か、見上げるほどの大樹が崖の両側から空を被っている。その根方に小さな祠《ほこら》があった。

みち子はコートの裾《すそ》を水溜まりに曳いて屈み、祠に手を合わせた。

「毎朝この階段をよちよち下りてきて、お参りしたの。きょうもお客さんが来てくれますように、って」

ぽつりとみち子は言った。

「どこなんだよ、ここは。気味の悪いところだな」

みち子の濡《ぬ》れそぼった髪や頬は、ネオンの原色に輝いている。

「ここが私のふるさと。私が生まれて育ったところ。ほら――」

と、みち子は石段の上を指さした。葛《かずら》の生い茂った小さな店があった。崖に張り出したフランス窓の木枠のすきまから、光が洩《も》れ出していた。

葛にうもれた青白いネオン管が、虫の羽音のように鳴き続けていた。Amourというネオン文字を、真次は謎《なぞ》の呪符《じゅふ》のように心で読んだ。

「アムール、って？」

「あれが私の生まれた家。おかあさんが亡くなるまで、二人っきりで暮らした家——行きましょう」

真次は動けなかった。ここが丸四日の間、自分を翻弄《ほんろう》し続けた地下鉄の終着駅なのだと思った。無数の葛の葉が手招くように闇《やみ》にひるがえる。そこは真次にとって禁断の家、恐ろしい場所だった。

階段を一段昇って、みち子は動こうとしない真次のうなじを抱き寄せると、貪《むさぼ》るように唇を吸った。

「どうした——」

みち子の唇の狂おしい熱さから身をかわして、真次は耳元で訊ねた。

みち子は恋人をかき抱きながら、凍えた耳朶《みみたぶ》を噛《か》んだ。

「ありがとう、真次さん。あなたを愛しています。どうしようもないぐらい、世界中の誰よりも、あなたを愛しています」

濡れたコートの背をもみしだくみち子の力に、真次はおののいた。

「これ以上私のしてあげられることは、もう何もないけど、大好きな真次さんにあげられるものは、何も持っていないけど——」

それが自分の申し出に対するみち子の答えだと思うと、真次の体から力が脱けた。

みち子は真次の手を引いて石段を昇った。古い軒灯の乏しくともる酒場の扉を、みち子は少しもためらわずに開いた。

暗い店だった。赤銅のランプシェードが、カウンターの上に丸い輪を落としていた。

雨のしみ入るフランス窓のきわに、椅子の綻《ほころ》びたボックス席が二つ。剝《は》がれかけたマリリン・モンローのポスターの下には、銀色のジュークボックスが光っていた。闇を瞭《あき》らかにするものは、その光だけであるといっても良かった。

「こんばんは――どなたか、いらっしゃいます?」

明るい声を繕って、みち子は人を呼んだ。

じきに天井が軋《きし》むと、けだるい足音が階段を下りてきた。

光の届かぬ奥のボックスに、二人は座った。

「あ、いらっしゃいませ――あんまりひどい降りだから、ちょっと片付けものしてて」

客の来たことがいかにも意外であるふうに、少しあわてながら暖簾《のれん》を開いたマダムの顔は見えない。

「おかあさん……私の、おかあさん……」

真次に教えるというよりも、自分自身にそう言い聞かせるように、みち子は囁《ささや》き、唇を噛んでうつむいた。

酒棚から照らし上げられるマダムの顔をひとめ見て、真次は慄然《りつぜん》とした。

――お時だ。

自分の置かれている時間と平面の座標、そしてアムールというネオン管の店の名が、解き明かせぬパズルのように真次の脳裏をめぐった。

「君は、どこにいるの？」

あえて訊ねることの異常な手ざわりに、真次の咽《のど》はひきつった。

みち子はコートの襟で頬を隠しながら、古ぼけたテーブルを指先でいつくしんだ。

「私、いつもこのテーブルでぬり絵をしたり、お人形さんを着せ替えたりしてたの。ちっちゃなドレスを自分で縫って。昼間だけの私のお部屋――でも、今の時間は、二階で寝てるのかな。まだ赤ちゃんかもしれない。おかあさん、きっとおっぱいあげてたのよ」

マダムが髪を被ったスカーフをはずしながら、カウンターを出てきた。二人は体をそらせて、ランプシェードの光を避けた。

「まあ、ずぶ濡れ。タオル使って下さい。何になさいます？　おビール？」

みち子とそっくりの、硬質の声であった。タオルを差し出した指には、赤いルビーの指輪が輝いていた。

「ビールと、何か温かいものありますか。腹がへってるんだけど」

マダムは据わりの悪いテーブルを拭《ふ》きながら答えた。

「温かいものですか――ええと、お茶漬かおにぎり、あとはインスタントラーメンぐらい」

「おにぎり、下さい」

同じ声でみち子が答えた。マダムのそぶりに、この雨の夜の客を訝《いぶか》しむ気配はない。

「お味噌《みそ》汁《しる》も作りましょうね――やみそうもないわねえ、雨宿りになればいいんだけど」

マダムの後ろ姿から目をそらして、みち子はそっと囁いた。

「私、まだ生まれてない。おかあさんのおなか、大きかった」

マダムはそうとわかる身重の体を窮屈そうに屈めて、カウンターをくぐった。渡されたタオルの匂いに鼻をうずめたまま、みち子は指先で数を数えた。

「もうすぐなのに。おかあさん、まだ働いてる」

緊密な時間が過ぎた。どんな言葉を使っても突き崩すことのできぬ、氷の砦《とりで》のような場所に真次は座っていた。

たぶん目の前のみち子と同様に、自分も怯《おび》えきった子供の顔をしているのだろう。狭いボックスに身を寄せ合う二人が、巣の中の雛《ひな》のように思えて、真次はテーブルの下でみち子の冷えた掌を握った。

「さっき、プロポーズを受けてくれたと思ったんだが……」

みち子は悲しく首を振った。

「ずっとひとりで生きてきたのか?」

肯《うなず》きながら、みち子は孤独な記憶の重みに押し潰《つぶ》されるように呻《うめ》いた。嚙みしめた前歯の奥から洩れる息は、何ひとつ言葉にはならずに、言い尽くせぬ苦しみばかりがみち子の顔を歪《ゆが》めた。

「私たち、一緒になっちゃいけないの」

「何で黙っていたんだ。とっくに気付いていたんだろう」

真次は「アムール」と書かれたマッチ箱を光の輪の中に示した。

「知らなかったわ。あなたが変な話を始めるまで、何も知らなかった」

「じゃあなぜ、あの晩俺に抱かれたんだ」

みち子は嗚咽《おえつ》しながら、神に抗った罪のありのままを審《つまび》らかにした。

「だから――私にはもう何もできないから。大好きなあなたにあげられるものは、もう何もないから」

石段の下で言ったことを、みち子はもういちど真次に言いきかせるように復唱した。結局その言葉でしか言い表わすことはできない、とでもいうふうに。

「それでも君が欲しいと言ったら」

「だめよ、いけないわ。それを言わせないために、あなたはすべてを見せられてきたの。今も、こうして――」

真次は何者かに引き回された不条理な旅の、真実の理由を知った。

マダムがビールを運んできた。みち子と同じ匂いがした。

「時間は気にしないでいいからね。きょうはまだ来る人がいるから、ゆっくりお話しなさい」

男女のただならぬ気配だけを、マダムは感じ取っているようだった。

数えれば真次と同じ年頃になっているお時は、若者たちを気遣うようにそう言った。まるで母親がわが子を諭すように。

「こんな晩に、まだお客さんが？」

声音を低めて真次は訊ねた。カウンターの中で水を使いながら、マダムは答えた。

「いえね、お客さんじゃないのよ。私の旦那」

真次とみち子は顔を見合わせた。

「いつも運転手つきのパッカードで来るから、雨なんかへいちゃら」

少し誇らしげにマダムは言った。

だが――きょうばかりはそれどころではあるまい。胸を撫《な》でおろす真次の心を見透かすように、みち子は呟《つぶや》いた。

「来るかもしれないわ。そんな気がする」

「まさか。おやじは今ごろ――」

今ごろ何をしているのだろうと記憶をたどって、真次は凍えついた。兄の死んだ夜、警察の玄関から逃げるようにして駆け出して行った父の姿が思いうかんだ。

「出よう、帰るんだ」

みち子は根の生えたように動こうとはしなかった。

「いけないわ。逃げちゃいけない。会わなければ」

「俺には、とてもそんな勇気はないよ」

みち子は声を殺して、力強く呟いた。

「しっかりして。誰に会うわけじゃないわ。私たちのおとうさんが来るのよ」

父が舞台の袖《そで》から現われるように、いきなり酒場の扉を開けたのは、間もなくのことだった。

まるで長い芝居の大団円にたどりついたように、真次は闇の中で目を瞠《みは》った。

記憶の中のあの日そのままに、父はパジャマの上にナイトガウンを羽織っていた。

「つ、つ、つっかけを出せ。裸足なんだ」

マダムは呆《あき》れたようにタオルを投げ、ビロードのカーテンを張った物入れを指さした。

「なによ、その格好」

「うるさい。酒だ」

ロックグラスの差し出される間ももどかしげに見えるほど、父は苛立っている。止まり木に座った父の顔は酒棚の灯を顎《あご》から浴びて、人間ばなれした恐ろしいものに見えた。

たちまち真次は、この数日間に見てきた小沼佐吉の肖像を胸の中に並べた。それは、おびただしい労苦のひとつひとつが、克明に相をなした男の顔だった。そしておそらく、有史以来もっとも苛酷《かこく》な時代を生き残った男の顔だ。

父はいつでも時代に立ち向かってきたのだと思った。

「センネンさんは？」

お時はそう言ってドアに目を向けた。

「あいつはクビにした。どいつもこいつも、みんな勝手なことばかりしやがる。俺がいったい何をしたっていうんだ」

「クビって、またどうして。あんな律義な人」

「何が律義なものか。元は華族様のお抱えだか何だか知らねえが、運転手は黙ってハンドルを握ってりゃいいんだ」

真次には父の荒くれた言葉づかいや、止まり木の椅子に片膝立った姿が意外だった。家では無口で謹厳で、偉大な家長そのものの父だった。

父はこの隠れ家の中でだけ、正体を現わしている――。

「それでくさくさして、電話してきたってわけ。ずいぶんなご都合ね」

父は一気に呷《あお》ったグラスを、叩きつけるように置いた。

「そんなんじゃねえ。実はな、お時。今さっき……」

言いかけて父は口をつぐみ、表情を隠すように荒々しく濡れた髪を拭いた。

「ま、おめえには関係のないことだな」

「奥さんと、もめたの？」

「ふん。今さら何をもめるってんだ。いや、もめなかったあげくが、このざまだ——酒だ。酒くれ」

父は二杯目の酒を水のように呷ると、ボックスの人影に気付いた。

「なんだ、お客か」

「なんだはないでしょう——ごめんなさいね。この人、ちょっと酔っ払ってるから——上で飲みなよ、あんた」

「いや、長居はしたくねえ。臨月の女の部屋になんか、薄気味わるくていられるか」

「来たとたんに長居は無用かね——勝手な男」

「来るつもりはなかった。次男坊が、俺を追いたてやがった。まったく何てガキだ」

握り飯と味噌汁が運ばれてきた。

「ごめんなさいね。気にしないで」

肩に手を置かれて、みち子はびくりと背筋を伸ばした。

お時はジュークボックスにコインを入れ、途絶えていた歌を流した。

「——こんにちは、赤ちゃん、私がママよォか。シャレかよ、お時。それともあてつけか？」

マダムが言い返さないのは、客の手前を憚《はばか》ってのことだろう。

この長い付き合いの男と女の関係に、腐れ縁という月並みな言葉はあたらない。少なくとも父にとって、この店もお時も必要なものにちがいないのだと、真次は考えた。

父はお時に甘えている。誰にも見せることのない素顔を晒している。そして今日に限って言うのなら、おそらく彼自身も収拾のつけようがない怒りと悲しみを、何とかこの隠れ家で鎮めようとしている。

「なあ、お時――」

急に真顔になって、父はしみじみと言った。

「ミチコ、ってのどうだ」

みち子の肩が慄えた。お時は笑って答えた。

「まだ女って決まったわけじゃないよ。第一、ミチコなんて恐れ多いじゃないか」

「なに言ってやんでえ。この何年も、生まれる娘はみんなミチコって決まってるんだ。そうだ、女がいいよな。男はもうこりごりだ」

「のちのちの揉《も》めごとのたねになるからかい。だったら安心しな、私ゃ何もあてにしないから。この齢になって恥じかきっ子が産めるだけでけっこう」

「ミチコ、ミチコ。いいな、悪くねえ。平仮名にしろな、簡単でいいから」

「そりゃあんまりぞんざいじゃないかい」

「いいや、当たり前がいいんだ。ふつうがよ。目立たねえ人生が一番。そうだ、手に職つけさせろな。これからは何たって、女も自立しなけりゃならねえ」

「この通り、もう十分自立してるわよ」

「おめえが勝手に、やるってものを受け取らねえだけじゃねえか。そのくせアムールだなんて名前をつけるから、カカアも頭にくるわけだ」

「銭もってのこのこ女の家を訪ねてくる方がおかしいんだ。行かせる男も男だがね。二度と来させないでよ。また塩まいてやるからね」

「俺ァ昔の流儀でやったまでだがな」

「ともかくあんたの世話にゃならない。あたしはこのミチコと一緒に生きてくさ」

お時はエプロンの腹をつき出して、明るく笑った。

「おめえが要らなくたって、ガキには金かけてやる。医者か弁護士にでもしろ」

「ふん。あんたとあたしの子が、そんなものになれるもんかい」

「それも、まあそうだな」

と、父はひととき顔をほころばせた。

「俺とおめえの子なら、まあ器量は悪くねえぞ。だがきっと偏屈だからな。いいとこ職人だ。おたがい手先は器用だし。それもまちがいはねえ——どうだ、洋裁でもやらせて、デザイナーってのは」

「ぐだぐだうるさい男だねえ——でも、そうか……デザイナーっての、ちょっと格好いいね」

みち子は壁に身をあずけたまま、顔を被って泣いていた。父母に悟られまいとする泣き声が押し殺した呻きになった。

真次はみち子の顔を引き寄せ、額を合わせた。

「おとうさんとおかあさんで、名前をつけてくれたの。私の人生も、ちゃんと決めてくれた……」

「よかったな、みっちゃん」

「でも、おとうさんはもうじきここには来なくなるの。どうして？　私、おとうさんがあの人だって、中学を出るまで知らなかったのよ。おかあさん、死んじゃうときになって、やっと言ったの。困ったらあの人を頼りなさいって。立派なおにいさんたちもいるからって。ねえ、真次さん。どうして？　どうしておとうさんは私たちを捨てたの？」

悩み続けていたことが呪文のような平たい言葉になって、みち子の口から溢《あふ》れ出た。

その結論を憶測することはできない。だがたぶん、父は自らのいまわしい過去とともにお時を棄《す》てたのだろうと思った。ほどなく父は、すべてのみじめな半生を偽らねばならないほど、偉大になったのだから。

「なぜ頼ってこなかったんだ」

「おかあさんの子だから。おかあさんみたいに生きたかったから」

母が死んだあと、みち子はどのようにこの家を出て行ったのだろうかと、真次は考えた。

母の位牌《いはい》と身のまわりのわずかなものだけを鞄《かばん》に詰め、母の形見の洋服を着て石段を下りて行く少女の姿が心をよぎった。毎朝かかさずに詣《もう》でた稲荷の祠に手を合わせ、ひとりぼっちの少女はそのとき何を祈ったのだろう。

想像はあまりに悲しすぎた。

「おかあさんは私だけを愛してくれた。私はおかあさんのすべてだったもの」

言葉は真次の胸を鋭く刺した。

「それでも俺は、君を愛している」

「もうやめて、そんなこと言わないで!」

みち子は声を荒らげた。父とお時は顔を見合わせて押し黙った。

「私だって五年間、あなたのためだけに生きてきたもの。あなたを愛していたから。毎晩毎晩、あなたのごはんを作って、いただきます、ごちそうさまって、どうかしてるんじゃないかと思うぐらい、あなたを愛し続けてきたもの」

みち子は真次の母の希いを、まるで姑《しゅうとめ》の意思に従う嫁のように、忍耐づよく守り続けたにちがいなかった。夜ごと来るはずのない男の食膳《しょくぜん》をあつらえ、泣きながらそれを捨て、そして真次に対しては常に冷淡な、倦《う》み果てた女の仮面を被り続けてきたのだった。

愛の言葉を封印されたまま二人の因果を知ったみち子の狂おしさを思うと、真次にはもう何ひとつとして口にする言葉が思いうかばなかった。

みち子が泣き伏すと、暗い店内は水底のように静まり返った。

ひとりひとりの顔を見つめながら真次は、自分だけが苦悩からまぬがれていると思った。

カウンターに立ちつくすお時も、止まり木でグラスを握ったままの父も、声を絞って泣き続けるみち子も、それぞれの耐えがたい痛みに耐えているにちがいなかった。

「お客さん、もう送って行ってあげたら。ね、そうしてあげなよ。そんなふうにして話し合っても、いいことないから」

お時は気の毒そうに言った。母に諭されて、みち子はしゃくり上げながら席を立った。

「おにぎり、包んであげるわ。おうちに帰って、二人で食べてね。ほら、泣かないで、しゃんとしなきゃ」

お時は冷えた握り飯を経木に包み、新聞紙にくるんだ。真次が手を放せば、みち子はお時にすがりつくにちがいなかった。みち子は衝動によく耐えた。

「勘定はいいよ、旦那さん。俺たちもやぼな話を聞かせちまったから」

と、父はメガネのフレームを支えながら闇に目を凝らした。尋常でないなにかを感じていることは確かだった。

真次はみち子を抱きかかえ、光から顔をそむけながら、逃げ出すように席を立った。

「傘、持ってって。ボロだから返さなくていいよ」

お時はドアを押すと、みち子の背に傘をさしかけた。

冬の雨が眼下のいらかに沫いていた。

みち子はコートの胸に握り飯の包みを抱きしめると、せり出した母の腹をじっと見つめた。

それから胸の温もりに耐えきれぬように新聞紙を破り、経木を裂いて握り飯をひとつ掴み出した。呆然《ぼうぜん》と見守る母と恋人の前で、みち子は飢えた子供のように握り飯を食べた。咽をつまらせ、雨と飯粒にまみれて、みち子はがつがつと握り飯をむさぼり食った。

「おかあさん――」

ふと思いついたように手を止め、小さく、しかしはっきりとみち子は言った。

「ひとつだけ、訊いていいですか」

一瞬きょとんとしてから、お時は微笑み返した。

「いいわよ。なあに」

唇に雨と飯粒を沫かせて、みち子はうつむいたまま訊ねた。

「おかあさんとこの人とを、秤《はかり》にかけてもいいですか。私を産んでくれたおかあさんの幸せと、私の愛したこの人の幸せの、どっちかを選べって言われたら……」

「――まあ、ずいぶんと難しいことだわねえ」

母は声をたてて笑った。

「やめとけ、お時。他人様にめったなことというもんじゃねえぞ」

止まり木で背を向けたまま、父も笑った。

お時は雨空を見上げて首をかしげ、昔、銀座の焼け跡でそうしたような、美しくたおやかな笑顔を、娘に向けた。

「あのね、お嬢さん。親っていうのは、自分の幸せを子供に望んだりはしないものよ。そんなこと決まってるさ。好きな人を幸せにしてやりな」

みち子はそこで初めて、ネオンに彩られた顔を母に向けた。

「ありがとう、おかあさん。ごめんね」

ほんの一瞬のことだった。みち子はお時をからめとるように抱くと、もろともに石段を転げ落ちた。二つの体は滝のように雨走る急な勾配《こうばい》を、激しく弾みながら落ちて行った。

悲鳴はなく、石と骨とのせめぎ合う鈍い音が真次の靴底に伝わった。

椅子を倒して、父が雨の中に走り出た。飛ぶように階段を駆け下りると、父は腹を抱えて倒れ伏すお時を腕に抱き上げた。

水たまりに身を起こしたみち子の顔と、石段の上に立ちすくむ真次の顔を、父は眩《まぶ》しげに見つめた。そこに何を認めたかはわからない。ただ、父は明らかにその一瞬、見てはならないものを見た、という表情をした。

異変を聞きつけた人々が路地から顔を出した。父は彼らに向かって宣言するように叫んだ。

「足を踏みはずしちまった！　誰か救急車を呼んでくれ」

それから強い口調で、二人に命じた。

「おまえらは帰れ。早く行け。ああ、いったい何て晩だ。俺がいったい何をしたってえんだ。あんまりじゃねえか、俺ァ一晩に、子供を二人も殺しちまった。なにボサッとしてやがる。早く帰れ！」

真次は何も考えることができなかった。ただひたすら、傷ついたみち子を抱きかかえて路地を走った。

走るほどに、みち子の体が心細く萎《な》えしぼんで行くように思えた。この女を失うまいと懸命に握りしめる腕の重みが、やがてとろけ出した氷のようにあやうくなり、柔らかな手ざわりが残ったと思う間に、真次は降りしきる雨だけを抱いていた。

みち子、みち子、と、かけがえのない名前を呼び続け、姿を求めてさまよう真次の行く手に、地下鉄の入口がぽっかりと開いていた。

吹き上がる温かい風が、よろぼい歩き、倒れかかる真次の体を、しっかり抱き止めた。

21

母に揺り起こされたとたん、真次はひどい胸苦しさを感じて洗面所に駆けこんだ。獣のように吠《ほ》えながら、唾液《だえき》ばかりを吐いた。母が塩水を持ってきた。

「電話してあげるから、会社は休みな。むりだよ、これじゃ」

鏡の中にはすっかり老けこんだ自分の顔がある。鬢《びん》には白髪が目立ち、肌は瘡《かさ》をかぶせたように艶《つや》がなかった。父に似ている、と真次は初めて気付いた。

「いや、きょうは必ず行くって、社長と約束した」

「だってあんた、どうせその社長が共犯なんだろう。あんなに酔っ払っちゃって、よく帰ってこられたもんだ」

酔ってはいなかった。へべれけに酔って見えるほど憔悴《しょうすい》しきっていたのだ。

真次は住みなれた部屋の中をうろうろと歩き回った。変わった様子は、何もない。

「子供たちは？」

「とっくに学校へ行ったよ」

「節子は？」

「きょうは早番だって。夕飯はお鍋にするから、早く帰ってきてって」

真次は胸を撫で下ろした。着替えようとして壁にかけられた背広を取り、重く濡れた感触に手をすくめた。

「きのう雨が降ってたのか」

「やだねえ。それも覚えてないの。酔っ払うとみんな忘れちゃうって、おとうさんそっくり——ほんとに、大丈夫かい」

母の差し出したワイシャツの袖に手を通すと、真次は濡れた背広を着た。窓の外には冬の雨が降り続いていた。

「まだ濡れてるよ、こっちの着てったら」

「どうせ雨だし。会社に着くまでには乾くさ」

きのうと違う格好をして出かけたくはなかった。

「靴はどうしようもないねえ。——具合悪くなったら、がまんしないで帰ってくるんだよ。きょうは誘われても、飲んじゃだめだよ。朝ごはんは？」

母は玄関でブラシを使いながら言った。父が見よう見まねでしつけた上流家庭の婦人の習慣を、母は真次を相手にずっと続けている。背に回って衣服の脱ぎ着をさせ、玄関で靴を揃《そろ》え、正座して送り出す。

「めし、か。考えただけで気持ちが悪い――遅刻だな」

やはり幼いころに見た父と同じように、母の肩に手を載せ、靴べらを受け取って靴をはく。真似ているはずはないが、自然とそうする自分に気付いた。母の肩の骨が掌に触れた。

「少し痩《や》せたんじゃないか、かあさん」

「そう？　体重は変わってないけど。齢かしら」

母は微笑んだ。なぜ母は自分の前で笑みを絶やすことがないのだろうと、真次は思った。今も昔も、母はいつも笑っている。そしてそれこそ、自分がこの世に生まれたとき初めて出会った人間の表情にちがいない。どんな感情にも優先して、母は微笑み続けていてくれるのだと真次は思った。

うずくまって乾いた古靴の紐《ひも》を結ぶ母の肩を、真次は抱き起こした。

「ねえ、かあさん。お願いがあるんだけど、聞いてくれますか」

母はきょとんとして、老いた目をしばたたいた。

「何だよ、急にあらたまって。はいはい、何でしょうね」

「今度の日曜、二人で浅草に行かないか。観音様にお参りして、何か旨い物でも食って」

「あら、デートのお誘い。——だったら、おにいちゃんのお墓参りにしようよ」

「ちがうんだ。渋谷から、地下鉄で行こうよ。なあ、頼むよかあさん」

母は、答えなかった。

「俺と一緒なら、いいだろう」

古い地下鉄の始発駅から終点まで、母は何を考えるだろう。いつかの手術の、麻酔の切れた苦しみのときのように、ずっと手を握っていてやろうと、真次は思った。かあさん、良くやったよ——と言いかけて、日曜日のための言葉を、真次は胸にしまった。


神田駅のがらんとした改札口で、真次は若い二人の部下と行き合った。お揃いのスーツケースをごろごろと曳いて、これから営業に出るところだ。

「やあ、すまんな。遅刻だ」

二人は不景気をもろに表情にうかべて笑い返した。岡村からこっぴどく気合を入れられたにちがいない。

「小沼さんは、きょうどっちを回ります？」

ひとりが一日乗車券を買いながら訊ねた。

「おまえらは？」

三人のセールスマンにテリトリーの区分などはないから、ルートが近いときはしばしば落ち合って食事をしたり、商品の交換をしたりする。毎朝その日の行動を互いに教え合っておくのは、彼らの間の習慣だった。

「ええと、僕は副都心の保険屋めぐりです。斎藤は夕方、歌舞伎町に出るから、西口で待ち合わせるんだけど」

保険外交員を相手にひと商いし、残った商品を開店前のキャバレーに行く同僚に回す、という予定であるらしい。

「俺はちょっと予定がたたんな。出ることは出るが。おまえ、商品だけ斎藤に回して、そのまま直帰するなよ。いったんは会社に戻って、ちゃんと伝票を上げろよ」

はいはい、と生返事をして改札に向かいながら、部下はぼやいた。

「まったく、あのばあさん何時までだって待ってるんだからなあ。やたらポケベル鳴らすしさ。ちょっと言っといて下さいよ。これじゃまるで紐つけられた犬コロみたいだ」

「おい、そんな言い方はないだろう。ばあさん、は」

「だって、ばあさんだもの。やたら若造りしてるけど、孫が三人もいるんだから」

思わず部下の腕を摑《つか》んで、真次はつなぐ言葉を失った。

「どうしたの、小沼さん」

「みっちゃんは、来てるのか？」

部下たちは顔を見合わせ、ふしぎそうに真次を見つめた。

「――みっちゃん、って？」

真次は振り返って地下道を駆け出した。小さな通路のパイプの剝《む》き出した天井や、厚いペンキで塗り重ねられた壁が、行く手を阻むようにおし迫ってきた。

派手なラメ入りのセーターを着た見知らぬ女が、事務所の前を掃いていた。

「お早うございます、小沼さん」

「やあ、お早う」

見覚えのない顔に生返事をして、真次はドアを開けた。

岡村が堆《うずたか》く帳面の積み上げられた机から、禿頭をもたげた。とっさに真次は、事務所の隅々までを眺め渡した。何も変わってはいない。しかし、どこかが違ってい
る。

パーテーションで区切られたデザインルームが消え、その場所には雑然と段ボール箱が積まれていた。

岡村は声をかけようとして、真次の異変に気付いた。

「どうしたんだよ、小沼。真ッ青だぞ、具合でも悪いのか」

ぼんやりと真次を見つめる岡村の厚い胸を、真次は両手で摑んだ。

「みっちゃんは……みち子は？」

突然見知らぬ女の名前を耳にして呆気《あっけ》にとられながら、それでも岡村は真次の異変を何とか理解しようとするように、肥えた手袋のような手で真次の肩を抱いた。

「どうしたんだ。何があったんだよ。みち子って、誰だっけ」

岡村の肩ごしに、真次は事務所を埋めつくした安物のインド綿のドレスや、紐でくくられたトレーナーや、はんぱ物のメリヤスの肌着や、わけのわからぬ雑多な在庫品の山を見つめていた。それらは五年前、面接にやってきたみち子がうんざりと見上げた商品の山だった。

みち子がここにはいない。いや、みち子という存在がこの世に生まれることはなかったのだと思ったとき、真次は路上にとり残された子供のように身を慄わせ、大声で泣いた。

「なんだよ、小沼……まいったな……おい、どうしたんだ、俺まで悲しくなるじゃないか」

意味もわからぬまま、岡村の象のような目が見る間に潤んだ。

「岡さんは何も知らないんだ。昨日までのことを、何も知らないんだ。みっちゃんなんて名前、聞いたこともないんだろう。ほら、あそこのデザインルームで、一日中、朝から晩まで型紙を切っていた、みち子のことだよ」

岡村は真次の頭を肩に抱き寄せると、地下鉄の轍《わだち》に震える天井を見上げて、しばらく考えこんだ。

「なあ、真次」、と岡村は新聞屋の日の当たらぬ二階でそう言ったように、真次の名を呼んだ。すべてを塗り替えられたこんな現実でさえ、懸命に理解しようとする岡村のやさしさに、真次は二度泣いた。

「俺はおまえみたいに頭が良くないし、のろまだし、どだい成り行きとはいえ、俺がおまえを使おうなんて、おかしいんだが。できることがあったら言ってくれ。どうしたらいいんだ」

「岡さんのせいじゃない。岡さんがいなければ、俺は生きてこられなかった。いつだって岡さんはやさしかった」

真次の肩を抱き起こしてなだめるように、岡村は大声で笑った。

「夏は涼しく、冬は温かく、か？　――何だか地下鉄みたいだな。そいつはいい、光栄だ」

「岡さん……」

「もういい。何も言うな。大の男が泣くような事情なんて聞きたくもない。もっともおまえの上等な悩みなんて、俺が聞いてもどうしようもないけど」

いつか自分の体験した出来事のすべてを語るときがきても、この柄に似合わぬロマンチストの、詩人になりたかった苦労人の社長は、毛ほどの疑いもなく信じるのだろうと思った。

「俺がおまじないしてやる。忘れろ、忘れろ、忘れろ――苦しみは片っぱしから忘れて行かないと、人間は生きちゃ行けない。ぜんぶ忘れれば、希望が残る。忘れろ、忘れろ」

岡村はおどけながら、そう言って真次の背をさすり続けるのだった。

22

死んだ人間なら、多くの人々の記憶にとどまっている。時とともに風化はしても記憶が完全に消滅することはない。

しかし、この世に生まれ出ることのなかったみち子を知る者は、誰もいない。

みち子が彼女自身の存在と引きかえたものは、いったい何だったのだろうと、真次は考えた。

五年前と同じ雑多な商品をスーツケースに詰め、真次はすべてを忘れたように仕事に出た。とても商売などする気分ではないが、岡村にことの顛末《てんまつ》を語る気にはなれなかった。

みち子という見知らぬ女の存在を信じたときの岡村の愕《おどろ》きや嘆きは、想像しただけでも辛い。

出札口の路線図を見上げる。きょうは古いなじみのブティックでも訪ねて、のんびりと茶飲み話でもしよう。ラッシュアワーの前にスーツケースごと家に帰って、仕事は明日からだ。

「好きな人の幸せのため、か……」

赤字になるかもしれない一日乗車券を見つめながら、真次はひとりごちた。

それからみち子は何と言ったのだろう——思い出そうとして思い出せぬ記憶が歯痒《はがゆ》かった。

階段を降りながら、真次は真剣にきのうの出来事を、みち子との長い日々を、みち子の顔や姿を思い出そうとした。

しかしそれは、まるで目醒《めざ》めの床の夢のように、思いたどるそばから遠ざかって行くのだった。

みち子の記憶が、ついに自分の中からも喪われようとしている。夜のみぎわの引潮のように、苫屋《とまや》の灯の下に寝静まった人々の誰にも知られることなく、ただひとり渚《なぎさ》に佇《たたず》む真次の足元をすり抜けて、みち子の存在は消えて行く。

嘆く間もなく、ホームに降り立った真次の胸に残るものは、索漠とした記憶の空洞だけだった。

みち子は消えた。

頬をなぶって、南から北へと、温かい地下鉄の風が流れていた。

一台をやりすごして、風の鳴るひとけのないホームを真次は歩いた。

ふと、遠くのベンチで人影が立ち上がり、左手にステッキをつき、右手でソフト帽のてっぺんをつまみ上げて会釈をする。

のっぺいだ。どうしてこんなところにいるのだろう。

スーツケースをごろごろと曳きながら、真次はのっぺいに近寄って行った。黄色いべっこうのメガネの奥で、のっぺいの老いた瞳が笑っている。

「やあ、また会えたね、小沼真次君」

風のような声でのっぺいは言った。

「偶然ですか、それとも待ってらしたんですか」

「さあ――」、とのっぺいは他人事のように痩せた首をかしげた。

「それは僕にもわからん。ここにおれば君がやって来そうな気はしておったが。まあ、掛けたまえ。ここはたいへん居心地がいい」

古ぼけた外套《がいとう》の裾をていねいにまとめて、のっぺいはベンチに腰を下ろした。

疲れ果てた真次の横顔をしばらく眺め、それからころあいを見計らったように、のっぺいは言った。

「僕はかれこれもう半年も、お迎えが来るのを待っておる。だが、まだその気配はない。で、このところずっと、古い日記帳を読み返しては、八十七年の人生を悔いておるんだ」

渋谷行の地下鉄がはいってきた。

「急ぐことはあるまい」、と、のっぺいは立ち上がりかける真次の膝をおさえた。

「今さら悔いても始まらんことばかりだが――ただ、その中でもひとつだけ、どうしても悔やみきれぬことがある」

「わかりますよ」

そう言ってから、なぜ自分はこんなことを知っているのだろうと思った。

「父が、終戦の夏の満州で、先生と教え子たちを救けた、という話でしょう」

「おや」、とのっぺいは愕いたように背もたれから体を起こした。

「お父上から聞かされておったのかね」

「さあ。誰に聞いたんでしょうか――先生こそ、僕が小沼佐吉の子供だということを、知っていらしたんですか？」

「それがだねえ――」、とのっぺいはいかにも痛恨事であるというふうに溜め息をついた。

「うかつにも知らなかった。先日、新聞でお父上のお名前を読んで思い当たったんだ。小沼佐吉――豊田佐吉みたいに偉そうな名だろう、と君のお父上が別れぎわにおっしゃったことを思い出したんだよ。いやはや恩人の名も聞いたとたんに忘れてしまうほど、ひどい困難だった」

「ずいぶん皮肉なめぐり合わせですね」

「あのときの兵隊さんがよもや生きておられようとはね。しかもあんなに出世なさって、その恩人のお子さんを三人までも僕が教えることになろうとは――まったく何という因縁だろう」

「先生は十分に恩返しをなさいましたよ。兄弟が三人も貰い教えをいただきました」

のっぺいは考えこむように腕組みをして、籐《とう》のステッキの柄で老いた額を叩いた。

「だが、にいさんは亡くなられた。君はたいそう苦労しているようだ。お鉢を回された弟さんも大変だろう。君たち兄弟の人生を考えるにつけ、僕は自分の無力を思い知らされた」

「父に会えばいいじゃないですか」

「いいや」、とのっぺいは首を振った。

「今さら相まみえるだけの勇気が、僕にはない。僕はあまりに卑小すぎるし、君のお父上はあまりに偉大すぎる」

「そんなことはありません。父も生身の人間です。父の苦悩を、僕はみんな知っています」

「それなら僕も知っておるよ」

と、のっぺいは意味ありげに口元で笑った。

「病床で、あの方の人生を知りたいといちずに念じておったら、すべて知ることができた。ふしぎなこともあるものだ――君も、見てきたのだろう？」

聞いたのではない。たしかに見てきたのだと、真次は思った。

のっぺいはフレームのゆるんだメガネを鼻梁《びりょう》の上に押し上げて、低い天井を見上げた。

「ホスピスは抗癌《こうがん》剤を使わない、苦痛を伴う積極的な治療を施さないかわりに、患者にはできうる限りの自由を与えてくれる。僕のような年寄りには、それが何よりの薬だ。おかげでしばしば病棟を抜け出しては、メトロに乗って余生を楽しんでおる。地下鉄はいいよ。人にやさしい。やたらにこむこともないし、思った場所に自在に行ける――」

「自在にね」、とのっぺいは楽しそうに深い皺《しわ》を引いて笑った。

地下鉄がやってきた。もうこれで良いというふうに、のっぺいは真次の背を押した。

「ところで、小沼真次君。この先どうするつもりかね。できればお父上と和解して、家業に参画されるのが良いと、僕は思うのだが」

「いえ、父とは会いません」

温かい風にあおられながら、真次はきっぱりと言った。

「それでは君も、弟さんも、ご苦労なさるだろう」

真次はいざなうように扉を開けた銀座線の車両に、スーツケースを抱え入れた。神経に障らぬ、やわらかな発車のベルが鳴った。

「僕らはただ、父のように生きるだけです。僕も圭三も、小沼佐吉の子供ですから」

ドアが閉まると、のっぺいは満足げに何度も肯《うなず》いて見せた。小さな地下鉄はモーターの唸りをあげて滑り出した。

のっぺいはホームの際まで歩み出ると、籐のステッキを駅員が指差しするように、前後に振って見せた。

神田駅の白い灯が暗渠《あんきょ》に呑まれると、真次はガラスに額をあずけて目を閉じた。

コートのポケットの中に、異物が触れた。何だろう――。

それは古風な意匠の台座に囲われた、ルビーの指輪だった。蛍光灯の光に太古の輝きを透かし見ながら、どこかで、誰かが、愛情をこめて自分のポケットに忍ばせたものだろうと、真次は考えた。

ギフトショップで空箱だけを買って、妻に贈るべきかどうか——愛情の正体に思い当たるまで、しばらく考えてみよう。

見知らぬ指輪を拳《こぶし》に握りしめて闇に目を据えると、体のうちに忘れかけていた勇気が湧いた。

七十年もの間、悲しみも苦しみも鋼鉄のボディに押しとどめて、地下鉄は走る。

忍耐の鎧《よろい》を身にまとった寡黙な戦士のように、地下鉄は走る。

第三軌条《サードレール》の轟きを彼の勇敢な、不撓《ふとう》の凱歌《がいか》のように聴きながら、真次は誓った。

そうだ。メトロに乗って行こう。

解説

吉野 仁

幸せとは、懐かしさのなかにあるのではないか。ときおり、そう感じる。

人は、だれしも生きてきた土地と時代に無縁ではいられない。家族という血縁から逃れられないように。そのために、自分の思いどおりには生きられず、苦しみばかりを味わってきたという人は多いかもしれない。

だが、年月を経ることで、自分とかかわったさまざまな縁のかたちが、ちがった側から見えてくる。過ぎた日々は戻らない。起こった事実を受けとめるしかない。無心になって過去を振りかえると、そのときには気がつかなかった、かけがえのなさと親しみを覚えることがある。懐かしく思いはじめるのだ。

そしてまた、辛苦や悔恨の情が深く刻まれた思い出ほど、いま自分がここにいることを強く感じさせるだろう。楽しさや悲しさといったひとつの気持ちから生まれる幸福感や不幸感ではなく、もっと複雑で矛盾した「懐かしさ」こそ、生きている証しとなる感情といえるかもしれない。

浅田次郎『地下鉄《メトロ》に乗って』は、そんな懐かしさを感じさせる小説だ。胸が苦しくなるような切なさと、もう一度しっかり足元を踏みしめながら歩いていこうという高揚感を読み手に抱かせる物語なのである。

小さな衣料会社に勤める営業マンがふとしたはずみでタイム・トリップを体験し、はからずも家族の過去と向きあうことになる。自殺した兄、反目していた父、そしてデザイナーとして会社でともに働くみち子。地下鉄に乗るたび、過去へつながる出口へと向かい、自分の知らなかった事実を目にする。やがて思いもしない結末をたどっていく……。

ここでは一種のファンタジーとしてのSF的な設定がほどこされ語られている。「バック・トゥ・ザ・フューチャー」に代表されるハリウッド映画ならば、はらはらどきどきさせながらも、すべてが都合よくおさまるところへおさまる展開となるだろう。たとえば、自殺した兄を救おうと奔走する主人公の姿を中心に描かれるかもしれない。

しかし本作の主人公は、過去へ戻るたびに甘酸っぱい郷愁のような気持ちでその時代を味わうとともに、苦い現実を知り、皮肉な運命にとまどいさ迷うばかりだ。

そして、すべての秘密が明かされたとき、過去の悪夢も現在の苦境も反転していく。一面しか見ていなかった世界がラストで急に広がっていくような感じがするのである。

まるで、地下鉄の暗い構内から地上の出口に出て、まぶしい昼の光を浴びたような瞬間。明るい視界の広がり。単純なハッピーエンドとは違う、紆余曲折のすえにようやくたどり着いた苦い現実とそれを見据えることで生まれる大いなる希望。本作を読み終えた読者は、どこかすがすがしい思いを抱いたのではないだろうか。

なにより、本作の大きなテーマは、父と子の物語にある。

おそらく、親に対して恨みに近い感情をひそかに、あるいははっきりと抱いている人は世間に少なくないと思う。なんでも最近、精神科医のもとを訪れ、「じつは自分は母親からまったく愛されてなかった」と語る女性が多いという。それが自分のトラウマだったと告白するのだそうだ。しかも、十代の子どもではなく、三十代から五十代の大人の女性たちなのだ。実際に調べてみると、それは本人の思いこみがほとんどらしい。一種の過剰な自己愛が、記憶をねじまげたりデフォルメしたりして、母親への恨みへと転じていったのであろう。その点、男の場合は、父親という存在に対して、似たような複雑な思いを抱くはずである。

だが、自分をもっと分かってほしい、愛してほしいと心の奥で願いながらも、その一方で、どれだけ相手の人生や心情を理解しているのだろうか。互いに一方通行でエゴをぶつけあう関係は、血縁だけに切ることもできず逃げ場もない。この対立が、ときに取りかえしのつかない悲劇を生み、家族を崩壊させているのかもしれない。

とはいえ、子どもは親の過去など知りようがない。そこで本作では、タイム・トリップという手法により、親自身もまた、時代に翻弄されながら必死で生きていた、という現実を主人公に見せているのである。

また、日本、海外問わず、あまたの小説を読まれてきた読者には説明するまでもないだろうが、「父殺し」というテーマで書かれた名作は少なくない。ひとりの男がなんらかの形で偉大な父親の存在をこえることにより、不確かだった自分自身を取り戻す物語である。本作でも、その構図をもとにしながら、主人公を過去にさ迷わせている。

すなわち、親と子の確執という文芸における古典的な題材を奇抜な設定を生かして描かれているのだ。

もしかしたら、ここには、浅田次郎自身の家族に対する思いがこめられているのかもしれない。本作を気にいり、同じような味わいの作品を読みたいと望むならば、作者の自伝的な連作短篇集『霞町物語』(講談社文庫)を薦めたい。

そして、本作における一方の主役は、題名となっているとおり、地下鉄である。

本作でも随所で説明がなされているが、若い読者のために、あらためて詳しく述べてみよう。東京の中心部を走る地下鉄も、単に路線の増加だけでなく、いまとむかしでは、かなり変化しているのだ。とくにアルミやステンレスの車両が登場するまえ、全鉄の車両だった昭和半ば頃までは、決して快適な乗り物ではなかった(と個人的には感じていた)。

わたくしごとになるが、子どもの頃(昭和三〇年代)、山吹色の車両が走る地下鉄銀座線だけは苦手だった。

たとえば、作中しきりに描写されているように、第三軌条の金属音や震動の激しさは耳を覆いたくなるほどだった。走っている間は人と話ができなかったほどうるさい車内だったのである。また、レールとの軋みで生じるのか、列車がホームにつくたび金属が熱した特有の匂いが鼻についた。また、ただでさえうす暗い車内が、電流の切り替えのためか、駅に近づくたびに照明がいったん全部消えて数秒間のあいだ真っ暗になるのだ。

怖いというほどではないが、子どもにとってきわめて異様な空間だった。あたりまえだが、地下を走っているので外の景色も見えない。しかも、窓ガラスはどれも歪んでいて、暗闇のなかに伸び縮みした乗客の顔が映っていた。ほかの電車に乗るときのような愉しさはなかったのだ。

とはいえ、銀座線は、昭和のはじめから走っていた路線であることに加え、銀座や浅草など古くからの繁華街を通っているだけに、昭和のモダンさを備えた、なんとなく懐かしいイメージを持っていたのである。なるほど、乗りながら居眠りをして目ざめたとき、昔の世界に戻っていたとしても不思議ではない、どこかで過去とつながる道があってもおかしくはない雰囲気があったのだ。

加えて、迷路のように交錯する地下鉄が、駅と駅をつないでいる。案内図をたよりに駅や出口に向かっていても、自分がいまどこにいるのか心細くなる体験を味わった人も多いことだろう。

こうした東京の地下鉄にまつわる特性をうまく生かすことで、ファンタジー風な設定によるこの物語に、作者は小説としての現実感を与えているのである。地下鉄は、街をつないでいるだけではなく、たしかに過去と現在を走っているのだ。

ちなみに、一九九四年に発表された本作は、第十六回吉川英治文学新人賞を受賞した。その後の活躍はご存じのとおりだが、直木賞受賞作が『鉄道員《ぽっぽや》』（集英社文庫）

ようだ。

と、どうも鉄道ものが大きなターニング・ポイントとなっており、縁起のいい題材のようだ。

だが、しかし、読者としては本作のまえに、マッカーサーの財宝をめぐる冒険スペクタクル『日輪の遺産』（講談社文庫）が、『鉄道員』のまえに、中国清朝末期を舞台にした歴史大作『蒼穹の昴』（講談社文庫）があることを忘れてはいないはずだ。

なんでも一九九六年暮れに起きた、例のペルーの日本大使公邸占拠事件のときに、人質となった人たちのあいだでいちばん評判のよかった本が、『蒼穹の昴』だったという〈伊藤精介『今宵どこかのＢＡＲで』（集英社）より〉。なるほど、苦難の日々にあっても決して希望を捨てずに生きていかなくてはならない境遇だった場合、『蒼穹の昴』ほど勇気づけられる小説はないだろう。

作者は、初期こそピカレスクものを数多く手がけていたが、もともと多様な作品の構想をあたためていたようで、次々にスタイルの異なる作品を発表してきた。とくに、作者自身が体験していない時代を舞台としている場合、史実や文献調べをはじめ、執筆に際しさまざまな苦労がともなうことは想像にかたくない。しかも単なる歴史小説ではなく架空の人物を配し、想像力で物語を練りあげようとすればなおさらである。だが、それをみごと書きあげ発表してきたのである。

ぜひとも、また読者の予想をはるかにこえる、懐の深い壮大な作品を手がけてほしいものだ。そして、もちろん本書のような、雰囲気のある長篇もときおりは読ませていただきたい。

忘れていた時代の懐かしい物語に幸せを味わいたいのである。

（一九九九年十二月）

本書は一九九四年に徳間書店より刊行され、一九九七年に
徳間文庫、一九九九年に講談社文庫に収録されました。

JASRAC 出 2008126-310

|著者|浅田次郎　1951年東京都生まれ。1995年『地下鉄《メトロ》に乗って』で第16回吉川英治文学新人賞、1997年『鉄道員《ぽっぽや》』で第117回直木賞、2000年『壬生《みぶ》義士伝』で第13回柴田錬三郎賞、2006年『お腹《はら》召しませ』で第1回中央公論文芸賞と第10回司馬遼太郎賞、2008年『中原の虹』で第42回吉川英治文学賞、2010年『終わらざる夏』で第64回毎日出版文化賞、2016年『帰郷』で第43回大佛次郎賞をそれぞれ受賞。2015年紫綬褒章を受章。『蒼穹の昴』『珍妃の井戸』『中原の虹』『マンチュリアン・リポート』『天子蒙塵《てんしもうじん》』からなる「蒼穹の昴」シリーズは、累計600万部を超える大ベストセラーとなっている。2019年、同シリーズをはじめとする文学界への貢献で、第67回菊池寛賞を受賞した。その他の著書に、『日輪の遺産』『霞町物語』『歩兵の本領』『天国までの百マイル』『おもかげ』『大名倒産』『流人道中記』など多数。

地下鉄《メトロ》に乗《の》って〈新装版《しんそうばん》〉

浅田次郎《あさだじろう》

2020年10月15日第１刷発行
2023年７月19日第10刷発行

講談社文庫
定価はカバーに
表示してあります

KODANSHA

発行者――鈴木章一
発行所――株式会社　講談社
東京都文京区音羽2-12-21　〒112-8001
電話　出版（03）5395-3510
　　　販売（03）5395-5817
　　　業務（03）5395-3615

Printed in Japan

デザイン―菊地信義
本文データ制作―講談社デジタル製作
印刷―――株式会社KPSプロダクツ
製本―――株式会社国宝社

ISBN978-4-06-520699-7

講談社文庫刊行の辞

二十一世紀の到来を目睫に望みながら、われわれはいま、人類史上かつて例を見ない巨大な転換期をむかえようとしている。

世界も、日本も、激動の予兆に対する期待とおののきを内に蔵して、未知の時代に歩み入ろうとしている。このときにあたり、創業の人野間清治の「ナショナル・エデュケイター」への志を現代に甦らせようと意図して、われわれはここに古今の文芸作品はいうまでもなく、ひろく人文・社会・自然の諸科学から東西の名著を網羅する、新しい綜合文庫の発刊を決意した。

激動の転換期はまた断絶の時代である。われわれは戦後二十五年間の出版文化のありかたへの深い反省をこめて、この断絶の時代にあえて人間的な持続を求めようとする。いたずらに浮薄な商業主義のあだ花を追い求めることなく、長期にわたって良書に生命をあたえようとつとめるところにしか、今後の出版文化の真の繁栄はあり得ないと信じるからである。

同時にわれわれはこの綜合文庫の刊行を通じて、人文・社会・自然の諸科学が、結局人間の学にほかならないことを立証しようと願っている。かつて知識とは、「汝自身を知る」ことにつきていた。現代社会の瑣末な情報の氾濫のなかから、力強い知識の源泉を掘り起し、技術文明のただなかに、生きた人間の姿を復活させること。それこそわれわれの切なる希求である。

われわれは権威に盲従せず、俗流に媚びることなく、渾然一体となって日本の「草の根」をかたちづくる若く新しい世代の人々に、心をこめてこの新しい綜合文庫をおくり届けたい。それは知識の泉であるとともに感受性のふるさとであり、もっとも有機的に組織され、社会に開かれた万人のための大学をめざしている。大方の支援と協力を衷心より切望してやまない。

一九七一年七月

野間省一

講談社文庫　目録

我孫子武丸　新装版 8の殺人
我孫子武丸　眠り姫とバンパイア
我孫子武丸　狼と兎のゲーム
我孫子武丸　新装版 殺戮にいたる病
有栖川有栖　ロシア紅茶の謎
有栖川有栖　スウェーデン館の謎
有栖川有栖　ブラジル蝶の謎
有栖川有栖　英国庭園の謎
有栖川有栖　ペルシャ猫の謎
有栖川有栖　幻想運河
有栖川有栖　マレー鉄道の謎
有栖川有栖　スイス時計の謎
有栖川有栖　モロッコ水晶の謎
有栖川有栖　インド倶楽部の謎
有栖川有栖　カナダ金貨の謎
有栖川有栖　新装版 マジックミラー
有栖川有栖　新装版 46番目の密室
有栖川有栖　虹果て村の秘密
有栖川有栖　闇の喇《らっ》叭《ぱ》

有栖川有栖　真夜中の探偵
有栖川有栖　論理爆弾
有栖川有栖　名探偵傑作短篇集 火村英生篇
浅田次郎　勇気凜凜ルリの色
浅田次郎　霞町物語
浅田次郎　ひとは情熱がなければ生きていけない〈勇気凜凜ルリの色〉
浅田次郎　シェエラザード(上)(下)
浅田次郎　歩兵の本領
浅田次郎　蒼穹の昴 全四巻
浅田次郎　珍妃の井戸
浅田次郎　中原の虹 全四巻
浅田次郎　マンチュリアン・リポート
浅田次郎　天《てん》子《し》蒙《もう》塵《じん》 全四巻
浅田次郎　天国までの百マイル
浅田次郎　地《メ》下《ト》鉄《ロ》に乗って〈新装版〉
浅田次郎　おもかげ
浅田次郎　日輪の遺産〈新装版〉
青木玉　小石川の家
天樹征丸 画・さとうふみや　金田一少年の事件簿 小説版〈オペラ座館・新たなる殺人〉

天樹征丸 画・さとうふみや　金田一少年の事件簿 小説版〈雷祭《いかずちまつり》殺人事件〉
阿部和重　アメリカの夜
阿部和重　グランド・フィナーレ
阿部和重　A B C〈阿部和重初期作品集〉
阿部和重　ミステリアスセッティング
阿部和重　IP/NN 阿部和重傑作集
阿部和重　シンセミア(上)(下)
阿部和重　ピストルズ(上)(下)
阿部和重　アメリカの夜 インディヴィジュアル・プロジェクション〈阿部和重初期代表作Ⅰ〉
阿部和重　無情の世界 ニッポニアニッポン〈阿部和重初期代表作Ⅱ〉
甘糟りり子　産む、産まない、産めない
甘糟りり子　産まなくても、産めなくても
赤井三尋　翳《かげ》りゆく夏
あさのあつこ　NO.6〔ナンバーシックス〕#1
あさのあつこ　NO.6〔ナンバーシックス〕#2
あさのあつこ　NO.6〔ナンバーシックス〕#3
あさのあつこ　NO.6〔ナンバーシックス〕#4
あさのあつこ　NO.6〔ナンバーシックス〕#5
あさのあつこ　NO.6〔ナンバーシックス〕#6

講談社文庫 目録

五木寛之 海峡物語
五木寛之 風花のひと
五木寛之 鳥の歌(上)(下)
五木寛之 燃える秋
五木寛之 真夜中の望遠鏡〈流されゆく日々'78〉
五木寛之 ナホトカ青春航路〈流されゆく日々'79〉
五木寛之 旅の幻燈
五木寛之 他力
五木寛之 こころの天気図
五木寛之 新装版 恋歌
五木寛之 百寺巡礼 第一巻 奈良
五木寛之 百寺巡礼 第二巻 北陸
五木寛之 百寺巡礼 第三巻 京都Ⅰ
五木寛之 百寺巡礼 第四巻 滋賀・東海
五木寛之 百寺巡礼 第五巻 関東・信州
五木寛之 百寺巡礼 第六巻 関西
五木寛之 百寺巡礼 第七巻 東北
五木寛之 百寺巡礼 第八巻 山陰・山陽
五木寛之 百寺巡礼 第九巻 京都Ⅱ

五木寛之 百寺巡礼 第十巻 四国・九州
五木寛之 海外版 百寺巡礼 インド1
五木寛之 海外版 百寺巡礼 インド2
五木寛之 海外版 百寺巡礼 朝鮮半島
五木寛之 海外版 百寺巡礼 中国
五木寛之 海外版 百寺巡礼 ブータン
五木寛之 海外版 百寺巡礼 日本・アメリカ
五木寛之 青春の門 第七部 挑戦篇
五木寛之 青春の門 第八部 風雲篇
五木寛之 青春の門 第九部 漂流篇
五木寛之 親鸞 青春篇(上)(下)
五木寛之 親鸞 激動篇(上)(下)
五木寛之 親鸞 完結篇(上)(下)
五木寛之 五木寛之の金沢さんぽ
五木寛之 海を見ていたジョニー 新装版
井上ひさし モッキンポット師の後始末
井上ひさし ナイン
井上ひさし 四千万歩の男 全五冊
井上ひさし 四千万歩の男 忠敬の生き方

井上ひさし 司馬遼太郎 新装版 国家・宗教・日本人
池波正太郎 私の歳月
池波正太郎 よい匂いのする一夜
池波正太郎 梅安料理ごよみ
池波正太郎 わが家の夕めし
池波正太郎 新装版 緑のオリンピア
池波正太郎 新装版 殺しの四人〈仕掛人・藤枝梅安(一)〉
池波正太郎 新装版 梅安蟻地獄〈仕掛人・藤枝梅安(二)〉
池波正太郎 新装版 梅安最合傘〈仕掛人・藤枝梅安(三)〉
池波正太郎 新装版 梅安針供養〈仕掛人・藤枝梅安(四)〉
池波正太郎 新装版 梅安乱れ雲〈仕掛人・藤枝梅安(五)〉
池波正太郎 新装版 梅安影法師〈仕掛人・藤枝梅安(六)〉
池波正太郎 新装版 梅安冬時雨〈仕掛人・藤枝梅安(七)〉
池波正太郎 新装版 忍びの女(上)(下)
池波正太郎 新装版 殺しの掟
池波正太郎 新装版 抜討ち半九郎
池波正太郎 新装版 娼婦の眼
池波正太郎 近藤勇白書(上)(下)〈レジェンド歴史時代小説〉
井上 靖 楊貴妃伝

逸木 裕 電気じかけのクジラは歌う
今村翔吾 イクサガミ 天
入月英一 信長と征《ゆ》く 1・2〈転生商人の天下取り〉
磯田道史 歴史とは靴である
石原慎太郎 湘南夫人
井戸川射子 ここはとても速い川
稲葉なおと ホシノカケラ
内田康夫 シーラカンス殺人事件
内田康夫 パソコン探偵の名推理
内田康夫 「横山大観」殺人事件
内田康夫 江田島殺人事件
内田康夫 琵琶湖周航殺人歌
内田康夫 夏泊殺人岬
内田康夫 「信濃の国」殺人事件
内田康夫 風葬の城
内田康夫 透明な遺書
内田康夫 鞆《とも》の浦《うら》殺人事件
内田康夫 終幕《フィナーレ》のない殺人
内田康夫 御堂筋殺人事件

内田康夫 記憶の中の殺人
内田康夫 北国街道殺人事件
内田康夫 「紅藍《くれない》の女《ひと》」殺人事件
内田康夫 「紫《むらさき》の女《ひと》」殺人事件
内田康夫 藍色回廊殺人事件
内田康夫 明日香の皇子
内田康夫 華の下にて
内田康夫 黄金の石橋
内田康夫 靖国への帰還
内田康夫 不等辺三角形
内田康夫 ぼくが探偵だった夏
内田康夫 逃げろ光彦〈内田康夫と5人の女たち〉
内田康夫 悪魔の種子
内田康夫 戸隠伝説殺人事件
内田康夫 新装版 死者の木霊
内田康夫 新装版 漂泊の楽人
内田康夫 新装版 平城山《ならやま》を越えた女
内田康夫 秋田殺人事件
内田康夫 孤 道

和久井清水 孤道 完結編〈金色の眠り〉
内田康夫 イーハトーブの幽霊
歌野晶午 死体を買う男
歌野晶午 安達ヶ原の鬼密室
歌野晶午 新装版 長い家の殺人
歌野晶午 新装版 白い家の殺人
歌野晶午 新装版 動く家の殺人
歌野晶午 密室殺人ゲーム王手飛車取り
歌野晶午 新装版 ROMMY 越境者の夢
歌野晶午 増補版 放浪探偵と七つの殺人
歌野晶午 新装版 正月十一日、鏡殺し
歌野晶午 密室殺人ゲーム2.0
歌野晶午 密室殺人ゲーム・マニアックス
歌野晶午 魔王城殺人事件
内館牧子 終わった人
内館牧子 別れてよかった〈新装版〉
内館牧子 すぐ死ぬんだから
内田洋子 皿の中に、イタリア
宇江佐真理 泣きの銀次

講談社文庫　目録

講談社文庫　目録

加賀乙彦　殉教者
加賀乙彦　わたしの芭蕉
柏葉幸子　ミラクル・ファミリー
勝目　梓　小説家
桂　米朝　米朝ばなし〈上方落語地図〉
笠井　潔　梟《ふくろう》の巨《おお》なる黄昏《たそがれ》
笠井　潔　青銅の悲劇(上)(下)〈瀕死の王〉
笠井　潔　転生の魔〈私立探偵飛鳥井の事件簿〉
川田弥一郎　白く長い廊下
神崎京介　女薫の旅　放心とろり
神崎京介　女薫の旅　耽溺《たんでき》まみれ
神崎京介　女薫の旅　秘に触れ
神崎京介　女薫の旅　禁の園へ
神崎京介　女薫の旅　欲の極み
神崎京介　女薫の旅　青い乱れ
神崎京介　女薫の旅　奥に裏に
神崎京介　I LOVE
加納朋子　ガラスの麒麟〈新装版〉
角田光代　まどろむ夜のUFO
角田光代　恋するように旅をして
角田光代　人生ベストテン
角田光代　ロック母
角田光代　彼女のこんだて帖
角田光代　ひそやかな花園
角田光代 石田衣良 ほか　こどものころにみた夢
川端裕人　せちやん〈星を聴く人〉
川端裕人　星と半月の海
片川優子　ジョナさん
神山裕右　カタコンベ
神山裕右　炎の放浪者
加賀まりこ　純情ババアになりました。
門田隆将　甲子園への遺言〈伝説の打撃コーチ高畠導宏の生涯〉
門田隆将　甲子園の奇跡〈斎藤佑樹と早実百年物語〉
門田隆将　神宮の奇跡
鏑木　蓮　東京ダモイ
鏑木　蓮　屈折光
鏑木　蓮　時限
鏑木　蓮　真友
鏑木　蓮　甘い罠
鏑木　蓮　京都西陣シェアハウス〈憎まれ天使・有村志穂〉
鏑木　蓮　炎罪
鏑木　蓮　疑薬
川上未映子　そら頭はでかいです、世界がすこんと入ります
川上未映子　わたくし率 イン 歯ー、または世界
川上未映子　ヘヴン
川上未映子　すべて真夜中の恋人たち
川上未映子　愛の夢とか
川上弘美　ハヅキさんのこと
川上弘美　晴れたり曇ったり
川上弘美　大きな鳥にさらわれないよう
海堂　尊　新装版 ブラックペアン1988
海堂　尊　ブレイズメス1990
海堂　尊　スリジエセンター1991
海堂　尊　死因不明社会2018
海堂　尊　極北クレイマー2008
海堂　尊　極北ラプソディ2009
海堂　尊　黄金地球儀2013

講談社文庫　目録

講談社文庫　目録

2023年3月15日現在